Beautiful Chinese

美丽中文

《读者》签约作家美文系列

安宁、包利民 等著

请你读懂一朵花

生命感悟卷

天津出版传媒集团
天津教育出版社
TIANJIN EDUCATION PRESS

图书在版编目（CIP）数据

请你读懂一朵花：生命感悟卷 / 安宁等著.
—天津：天津教育出版社，2013.12
（美丽中文：《读者》签约作家美文系列）
ISBN 978-7-5309-7490-2

Ⅰ.①请… Ⅱ.①安… Ⅲ.①散文集—中国—当代
Ⅳ.①I267

中国版本图书馆CIP数据核字（2013）第296363号

请你读懂一朵花

出 版 人	胡振泰
作　　者	安宁、包利民等
选题策划	杜　平
责任编辑	杜　平
装帧设计	张丽丽
出版发行	天津出版传媒集团 天津教育出版社 天津市和平区西康路35号　邮政编码　300051 http://www.tjeph.com.cn
经　　销	新华书店
印　　刷	唐山天意印刷有限责任公司
版　　次	2014年1月第1版
印　　次	2014年1月第1次印刷
规　　格	32开（880毫米×1230毫米）
字　　数	135千字
插　　页	2
印　　张	7
定　　价	21.00元

目 录

安 宁

包利民

崔修建

安　宁

本名王苹，巨蟹座女子，80后人气作家，《读者》等多家期刊签约作家。生于泰山，读于北京，居于青城。外语学士，文学硕士，电影学博士。曾任中学外语老师、出版社编辑，现为内蒙古大学艺术学院影视戏剧系副教授。文风犹如个性，兼具柔软温情与犀利幽默。已出版长篇小说与作品集二十一部。代表作品：《蓝颜，红颜》《试婚》《聊斋五十狐》《呼伦贝尔草原的夏天》《笑浮生》。曾获2009年度冰心儿童图书奖、2009年度北京市政府优秀青年原创作品奖等多种奖项。

你有没有最珍贵的

北京S大的两个学影视的小师妹，为了完成毕业设计，扛着摄影机在北京的大街小巷上，逮人就问：能不能告诉我，你认为世上最珍贵的东西是什么？这种拍纪录片的状态，让我想起了几年前一个出名的独立电影《北京的风很大》，被采访的人，在毫无准备的情况下，面对突如其来的摄影机，脸上的表情没有来得及调整，伪善的外衣也没有来得及穿上，便被硬生生地记录下来。但正是这样原生态的采访，让我们接近了问题最真实最本真的答案。

采访几乎涉及奔走在北京的每一个群体，严肃的男人，温柔的女子，毫无世界观的孩子，晨练的老人，匆忙行走的白领，晒太阳的流浪艺人，等待朋友的街头青年，孤单的清洁工人，着制服的广场士兵，穿囚服的犯人，来旅游的老外，一本正经的官员，卖盗版碟的小贩……形形色色的人，在突兀的问题面前，给出了各式各样的答案。其中包括最传统的亲情友情爱情，最实用的时间，最根基的生命，最抽象的爱。这是成年人的答案，采访到的一个毫无心机也对世界认识混沌一片的小孩子，很羞涩地指指脖子上的红领巾，说，今天我入队啦，这就是我最珍贵的。而更小的一个女孩，则努力地歪头想了片刻，摇摇头，诚实地说不知道。

相对于孩子的认真，大人则世俗功利得多。有夹皮包的男人，边快步疾走边头也不回地说，没空跟你们闲聊，我最珍贵的，就是时间。有打扮精致艳丽的女人，对于提问的人，看也不看一眼，便一阵风一样走过。有天生戒备的中年女人，上下扫视一遍，反问两个师妹究竟是做什么的，待费一番口舌解释是完成一份作业，才淡漠回答问题，说，最珍贵的当然是能够挣钱的能力。而一个有些疲惫的抱孩子的女子，几乎是毫不犹豫地脱口而出：最珍贵的，当然是结婚后的自由，哪个女人不向往呢。一个在天桥旁吹箫的残疾人，指指自己的乐器，说，最珍贵的，就是我的乐器，还有，能在冬天没有风的太阳下在这里唱歌。天安门广场上站岗的质朴士兵，回答问题时眼神依旧直视前方，说，我最珍贵的，就是军帽上的徽章，我戴上它，就有了责任。一个已经退休的七十多岁的看孙子的老人，用年轻人不习惯的虔诚，说，最珍贵的，是还能为国家贡献点余热。一个白发苍苍的老太太，则更是神情郑重，说，我认为最珍贵的，就是不管什么时候，都能拥有理想。

也有很多让人心生感动的答案。一个打扮另类的街头青年，叼烟站在街头等他的朋友，面对摄像机，他有几秒钟的诧异，随即因为问题，表情变得难得的单纯，看得出装扮嘻哈的他，其实还是个了无城府的孩子，他很小心地说出自己最珍贵的，是约请的朋友都能来，因为，今天是他十八岁的生日。一个正在与家人沉默会面的囚犯，则视线躲闪地回答，最珍贵的，是出事之前，和家人在一起团聚的日子，虽然每天都千篇一律单调乏味，但现在回忆起来，却觉得每一秒钟都那么美好。而一对牵手散步的老人，两个人的答案，竟是一模一样，在他们心里，最珍贵的，就是还有时间，能够牵着对方的手散步。

摄影机记录的，不只是答案，从中亦可以看出人在匆忙的行走中，各自的心态。有人忙碌到最珍贵的，真的只剩了时间，认为如此“幼稚”的问题，不值得停下脚步去思考哪怕是几秒钟。有人从骨子里，不屑回答，以为生活就是一天天往上走，至于跳脱出来，看一眼自己行走的目的，则纯属浪费。也有人蹙眉想了片刻，丢一句“太过深奥”，便继续赶路。更有人认为这是两个无聊学生的无聊问题，生活是实实在在的，想提炼出一个内核来，实在是最没用的哲学家才会干的事。

但，还好，大多数的人，没有拒绝两个师妹的问题，尽管镜头前的人，毫不掩饰原生态的生存状态：焦虑，审视，怀疑，不屑，冷淡，或者如孩子似的无忧无虑，天真烂漫，了无戒备，但正因为如此，这些答案，反而具备了一般采访所没有的打动人心的原始质朴的力量。

我最喜欢的，是一个在一片喧嚣繁华中，于拐角处不显眼的地方，开书店的男人，朴实地站在柜台后面，笑着说，他最珍贵的，就是自己这几年努力攒钱的结果，是今天终于有机会，开了这一家小小的书店。这是一个在生活的艰难打拼里，依然怀着理想的男人，他的素朴如一朵风雨中摇摆的野花的理想，让他的答案，显得如此真实且动人。

真的像那位老人说的，拥有理想，才是最珍贵的。我想这不是一个我们在小学作文里，常说的空洞矫情的词汇。有了它，我们才有了活下去的无穷尽的动力，尽管，很多的时候，我们像忽视空气的存在一样，将它忽略掉了。

最珍贵的东西，真的是我们生命中的空气，而此刻，你有没有将它想起？

你忘记兑现的那些诺言

我的一个朋友，有一年连遭打击。一份可以给家人带来微薄收入的工作，失去了；父母又轮番病重，将仅存的一点余款，全部交给了医院；而妻子却又在此时，怀上了孩子。他一个人，在困顿的夹击中，几乎无力继续支撑。

而同样从乡村出来的我，当时刚刚大学毕业，手头不仅没有丝毫的积蓄，还欠下银行几万块的学费。陪他去医院看望父母的路上，除了与他说说闲话，给他一些精神上的宽慰，我几乎无力再予他任何切实的帮助。经过一片繁华的商业街时，看着一些生活富足的人们，在饭后悠闲地散步，逛街，购物，步履从未慢下来享受生活的我，便一阵忧伤，对朋友说，如果我现在有两万块钱，我肯定分给你一万。

彼时朋友只轻轻说出一个“谢”字，便将脸，别到一侧去，假装，看远处的风景。我们两个人，在拥挤的马路上，提着为他生病的父母和怀孕的妻子准备的鸡汤，无声无息地向前走着。我知道我无力的安慰，对于此时的朋友，起不到任何实质的作用，生活继续流淌，我们所能做的，只能是顺水而行。

一年后我便离开了那个城市，朋友的事业与家境，慢慢开始好转，到后来，我不只可以给朋友一万块，十万块也没有问题，但我却因为这样那样的原因，而疏于跟他联络，渐渐就将曾经说过的话，给完全忘记。

许多年之后，我们无意中又开始联系到彼此。一次在聚会上，朋友喝下几杯酒后，突然就举杯，站起来，朝我鞠一个躬，而后说，知道么，你有一句话，一直到现在，还在温暖着我，而且，会继续将我温暖下去。我诧异，看着他微红的脸，以为他喝醉了，因为，我实在不记得，我曾经说过什么样感人肺腑的话，让他十几年来，还念念不忘。朋友停顿了片刻，真诚地看着我的眼睛，说，还记得么，那年我很困顿，你说，如果你当时有两万块钱，你就会分我一万块用；这句话，到现在，每次想起，还会将我的心，结结实实地温暖住。

我记得当时自己的脸一下子红了，我结结巴巴地说，可是，可是我并没有那样做啊。朋友笑着回答，可是，那时同样贫穷的你，能有这份心，就已经足够让我铭记一生了。

又想起年少的时候，有一天父母干活回来，在院子里用毛巾疲惫地擦洗着身上的污垢。我站在他们后面，看母亲时不时地直起腰来，用拳头捶一捶酸痛的后背，便觉得心疼，走过去，用自己使不上多大劲的小手，给母亲轻轻地按摩着。一边按摩，一边还逗父母开心，说，等我将来读完大学，挣了钱，一定给他们买最好的按摩椅，让他们累了往上一躺，不仅浑身舒适，而且很快可以睡过去，做一个烤面包一样又香又甜的好梦。

我记得当时母亲转过身来，怜爱地帮我整整衣服，说，爸妈不累，不用你买什么东西呢。我年少粗心，并没有看到母亲重新转过身去的时候，眼圈，已经红了。

等我大学毕业之后，真的挣了钱，我却早已，将那个诺言忘记。甚至，因为要买房结婚，我还不得不接受父母半生攒下的积蓄。我很少买什么东西给父母，而他们，每次打电话，还要问我，需不需要钱花，有困难的时候，一定记得给爸妈说。

后来有一天，母亲与几个街坊坐在家里喝茶，聊起各自儿女小时的事情，母亲突然就迫不及待地发言说，我们家孩子，从小就很懂得体贴大人呢，十岁时看我们干活累了，便说将来给我们买按摩椅，到现在，每次想起她的话，我还觉得心里暖烘烘的呢。我隔窗听着母亲语气中的自豪与幸福，想起自己毕业以来，给父母所添的丝毫不亚于读书时的麻烦，心底的愧疚，雾气一样升腾起来，一直氤氲到眼前变得模糊不清。

我们究竟欠下了朋友与家人，多少这样的忘记兑现的支票呢？我们又究竟，许下多少说过便忘，却被外人感恩记住一生的诺言？我们打下的那些白条，在岁月里，发黄，又褪去了最初的颜色，却在一些人的心里，始终新鲜饱满，宛若一朵秋天的雏菊，以最动人的姿态，绽放在微凉的风中。

而我们，又待何时，才能够真正地兑现，我们写下的，一张又一张深深温暖过亲朋的支票？

寻找唐放

她一直记得唐放，不是因为仰慕，亦不是因为他曾经多么偏爱于她。事实上，他差一点就忘记了曾经有过她这样一个学生。

她只做了他很短一段时间的语文课代表，是前一任课代表闹情绪，非要辞职不做，她才被他点了名，接过了这一相当于秘书的职务。她那时还是一个十四五岁的小女生，对于他的那种豪放不羁，丝毫不能理解，只是隐约觉得他与一般安分守己的老师，是不一样的。他喜欢写诗，常常在下班后，别的老师都回家吃饭时，在洒满夕阳的办公室内，伏案写作。他的字龙飞凤舞，所以为了投稿时编辑可以看清，他会让她帮忙在方格稿纸上抄写一份，而后再装入信封，投到邮局门口的绿色信箱里去。她不知道那些文字，究竟会不会被编辑们仔细地阅读，她总怀疑她帮助投出去的那些稿件，全都石沉大海，因为她从未听他提起过它们的命运。而且那时的他，特别凶地抽烟，是蹲在办公室门口的台阶上，她每次去办公室取批改好的作业，看到他蹲在那里抽烟的姿势，总是莫名其妙地觉得难过，似乎那一刻的他，是个无人领取的迷路的孩子。

他还饮酒，常常喝得半醉，忘了该上的课；她便去喊他，绕大半个校园，在家属区最后一排红砖青瓦的房子后面，轻轻敲打他的窗户，叫他起床。有时候会恰好碰到他与妻子吵架，鸡毛蒜皮的小事，大约是因为经济上的困窘。这当然是她猜测的，因为后来她无意中看到他的妻子，在食堂里开了一个小小的窗口，卖自己做的饼或者粥饭。冬天的早晨，天还很黑，她透过路灯，看到他的妻子在窗口里探出头来，将饭交给学生，又哆嗦着手，收好零碎的钞票，那时的她，突然明白为何他会蹲在地上，而不是放眼四望去看这个世界。

但这样黯淡的生活，依然掩不住他横溢的才华。她毕业的那一年，听说他的文字，开始在全国的各大报纸上，频繁地出现。她偶尔看到，依然是熟悉的那种沉郁和忧伤，犹如他上课时，时常会在学生的读书声里，走神，似乎是在想着渺远的心事，又似乎什么也没想，只是惆怅窗外那片即将凋零的樱花。

她那时晚熟，一心只顾着埋头学习，丝毫没有像别的女生那样，热烈关注着诗人气质的他，所以毕业的时候，她考入当地最好的高中，而且语文得了最高的分数，却并没有想起去给他致一声谢谢，或者送一张小小的卡片。

这一晃就是十几年。这一程漫长的人生里，她历经了闪婚闪离，还去国外走了一圈，回来后换了几次工作，最终在北京一家待遇不错的科研单位，谋得一个算是长久稳定下来的职位，而且，因为科研的成绩，被许多家媒体争先地报道。而关于他的消息，则只是从同学口中，偶尔得知终于辞了职，去了上海，听说，是在一家声名很盛的晚报。

如果没有他的来信，她想这个叫唐放的男人，将永远都会消失在她的视野之中。那封来信，没有署名，只是说最近看了关于她的一篇报道，为她所做出的成绩，感到欣慰。她经常收到陌生的仰慕者的来信，所以权当是同样的一个青睐者，只轻松几个字，便回复了此信。此后这样简短的信件，她又陆续收到过几封，直到其中的一封里，他突然说：那时你是一个多么柔软的孩子，每一次在教室里看到你，都觉得像一尾小小的鱼，我不知道谁能够温暖地保护你。她读到这里，才突然间猜测，写信来的这个人，有可能是他。

此后的一个星期，她一直执拗地寻找并确认着这个陌生的来信者，便是唐放。她用百度将他的信箱搜索出来，看到一些散落的剧本、连载的小说、短篇的评论，所有的署名，都是隐匿的，不知道是他，还是另外的一个人。可是她还是在搜索到那个紧跟着信箱的 MSN 后，立刻去加了他。

那边竟是很快地通过了，而且，他还在线。她语气里带着一股子想要得知结果的急迫，匆忙地问他，是不是唐放。她一连问了四次，都没有得到他的任何回应。她不死心，一遍遍地回忆那些与他有关的细节，告诉他同学录上，曾经有许多学生，都怀念他写过的诗歌，或者发表的文字；告诉他听来的那些与他有关的消息，又问他是否依然待在上海，还是去了其他的城市；告诉他自己以及那些他教过的学生的华丽生活。她觉得自己近乎于一个喋喋不休的老人，在这里与一个回忆中相关的人，絮叨那些过往，并为过去，编织出一个瑰丽的而今。可是网络那边的他，却自始至终，都没有回复她一个字。似乎，那边根本就是一个素不相识的人。

她终于通过层层关系，打通了一个依然还在那所中学任教的老师的电话，又装作漫不经心地，聊起了他，然后便惊讶地得知，唐放在辗转了许多城市之后，曾经回到当地的那所中学，可是却因为再一次与领导闹翻，而被免职，之后便一直待业在家，靠在马路边上，做一些时刻提防城管严查的小生意，维持生计，他依然写诗，或者小说，依然抽烟喝酒，而且比之于从前，更甚。他断绝了与许多过去友人的来往，成为那个小城里，一个近乎颓废无用的男人。

她终于止住了继续询问 MSN 上那个头像忧郁的男人究竟是不是唐放的脚步，也不再费力地去网上搜索一切关于唐放的信息。她想其实他在网上的闭口不言，包括被她认出后，再也没有回复过她只言片语的沉默，就已经证明了他的落魄和无助。继续寻找，满足的是她的好奇，刺伤的却是他不堪一击的灵魂。

她想，让唐放在俗世生活里安静地吸一支烟，或者饮一杯酒，才是给予一个曾经热情奔放、而今却穷困潦倒的诗人，最真诚的怀念。

不是所有的幸福，都可以分享

我注意到采莲，是在一次歌唱比赛上。我记得自己得了第一，下台后骄傲地坐在选手席上，却并没有几个人，朝神采飞扬的我看过来。我甚至试图用大声的咳嗽，来引起落选歌手的关注与仰慕；可惜，周围依然是一片清冷，有几个女孩，还在我得意的低声哼唱里，不屑一顾地白了我一眼。我的快乐，在外人的冷落里，瞬间黯淡无光。采莲就在这时，从背后拍拍我的肩膀，微笑说道，安，你的歌声，真美。我回头，在忽闪忽灭的灯光里，看见一股暖流，从采莲温柔的眼睛里，缓缓流溢出来，片刻，便浸湿了我渴望人来分享幸福的心田。

此后，我与采莲，便成了彼此息息相通的朋友。采莲是个长相平凡家境也差的女孩，除了唱歌，她再也没有什么东西，能够引起外人的注意。而我，则是系里的文娱部长，不仅能歌善舞，容貌秀美，而且备受老师喜欢，男生宠爱。我与采莲走在路上，常有陌生的男生过来搭讪，我从来都冷若冰霜地不理他们的殷勤，倒是采莲，过意不去，细声细语地帮我为他们答疑解惑。每次等他们走了，我总会“教导”采莲，永远都不要对这些男生太好，否则他们就会更得寸进尺，惹人厌烦。采莲总是小心翼翼地辩解说，可他们是真心地喜欢你的才华，也心甘情愿做你的粉丝呢。本想反驳采莲几句，不喜欢的人，凭什么将我的快乐，拿来与他们分享？可每每看到她帮我“审阅”情书的辛苦，我还是将话咽了回去。

四年的大学，我永远都是那个一路领先的优越公主，而采莲，则气喘吁吁地跟在我的身后，看我风光无限。演讲、主持、唱歌，每一项比赛，我都出尽了风头。常常是我在台上光芒四射，采莲则坐在台下灯光照射不到的角落里，默默为我祝福。掌声最盛的时候，我总会下意识地找寻采莲的视线，似乎只有在她那里，那份喜悦，才会最大限度地绽放开来，且在瞬间，将芬芳，溢满周围的每一寸空间。而爱情，在我的身边，更是繁盛妖娆。它们于我，不过是路边的花儿，喜欢的时候，就采来别在耳畔，厌倦的时候，则随手摘下，弃之不理。似乎总是采莲为我一次次的爱情，收拾残局；而我，却从没有想过，采莲，亦是一个与我一样等人呵护宠爱的女孩，她需要的，不只是为别人辨别爱情的真伪，还有属于自己的一份真爱。

一直到毕业，采莲都没有等到这份爱情，我曾经怀疑她在毕业前夕，有过一份暗恋，因为她很奇怪地变得爱打扮起来，又几次羞涩地借我的衣服来穿。但每次我问起，她却总是摇头否认。我那时忙到没有时间追问采莲，以为她说没有，那一定是干净的空白。所以照例拉了她欣赏我的演出，向她秀男友刚给我买的名牌的衣饰，或是将某次艳遇，津津有味地讲给她听。采莲的确是一个很好的听众，她总是会在我需要的时候，送上一句温暖人心的夸赞，并由衷地分享着我的幸福，以致我常常忽略掉了，采莲眼睛里愈来愈盛的忧郁。

是的，我只顾自己的爱情与考研，它们都有了最完美的结局，却独独忘记了，采莲，也是一个需要人来鼓励与关爱的女子，需要一个哪怕是点滴的快乐，都能酝酿成芳香美酒的朋友。为了庆贺，我大张旗鼓地请许多人吃饭，告诉他们我被保送去读名牌大学的研究生，而男友，也找到了一份最满意的工作。被请的人，皆真真假假地恭维我，说上天真是对我厚爱，让我的生活，找不到任何的瑕疵。我的快乐，在外人的吹捧里，膨胀到快要将我自己，都要淹没掉了。而就在这时，我无意中从云层里俯身，竟是看到采莲眼里的光亮，倏然熄灭。

采莲第一次，也是最后一次，在我喋喋不休地吹嘘自己的时候，胡乱找了理由，提前退席。之后我们忙于毕业前的许多琐事，联系渐少，等我领到毕业证的那天，才突然想起，该去送送采莲的。但当我发短信给她的时候，她却冷漠地回一句谢谢，便将我回绝。我不明白，追问过去，她却冷冷地拒接我的电话。我终于失了耐性，短信问她，是不是，毕业来了，我们的友情，也跟着结束？采莲是过了许久，才回复说，是友情自己，走到了尽头；我想，我已经为它，做到了最好，此后我们的路，已是截然不同，你也没有必要，为失去一个平凡的朋友，过度哀伤；毕竟，你的周围，繁花似锦，芳香四溢……

我一度以为，孤单回到自己家乡小城工作的采莲，只是因为嫉妒，才对我渐至疏远。直到有一天，我在一场比赛中，被人落下，兴奋的获胜者为了表示祝贺，买来雪糕送给每一位被她 PK 下去的选手，我漫不经心地剥开来，放进嘴里，却发觉，原本最爱吃的巧克力雪糕，不知为何，变得如此苦涩。等到抬头看到胜者的笑容，才发觉，原来与人分享一份快乐，是一件如此困难的事。而采莲，却是心甘情愿地，与我分享了四年。只是在最后的一刻，她才突然在我完美的生活里，照见了自己的卑微。

而我，却是在将采莲，完全忘记的时候，才明白，采莲所与我分享的，原是这样一份豁达的真情。

急行中丢掉的年华

穿着肥大的校服，趿拉着不跟脚的拖鞋，孤单地走过马路，彼时从没有想过，会有一个人，曾像现在老去的我一样，用浓郁的嫉妒的视线，目视着我的远去。

那时的我，那样脆弱、羞涩、孤独，总希望找一个可以牵着自己的手，走过一段又一段寂寞年华的女孩，或者男孩。我记得我曾为了找到一个一起去食堂吃饭的伴儿，而抛掉自尊，哀哀地去求一个女孩，求她与我同行。但最终，我还是被她淡淡地拒绝。

总以为那时的烦恼，无穷无尽，年少的臂膀，无力去将它们托起，所以神情忧伤，视线迷茫。而今隔着时光的玻璃看过去，才知道，只是青春，便足以让我珍惜，而那些细细小小的烦恼，不过是血管一样，游走在青春的肌肤之上，也正是它们，才让我走过的这段时光，现出浅蓝淡粉的迷人的光泽。

而今的我，走在路上，看到那些逼人的青春，以无法阻挡的耀眼夺目的光芒，射过来的时候，常常会觉得忧伤，还有羞涩。只是，这样的忧愁，与我年少时的忧愁，截然不同。我忧伤自己无法再像那个面容冷淡的少年，塞着耳机，旁若无人地浪费着大好的时光。我要为了许多人，为了那些虚无缥缈的荣光、职位，忙碌，永不停歇。我需要时刻计算着时间，赶路，或者见人。我再也不能够像那个悠闲的少年，用散漫不经的视线，扫过路边的风景。

而我的羞涩，则是源自我无力拯救的苍老。我记得一次在校园里，看到一个熟识的学生，拥着自己的小女友，亲密无间地朝我走过来。就在我们相距还有几米远的时候，学生笑看着我，手，却始终在女友的脸上，温柔地爱抚着。视线相撞的那一瞬间，我的脸，突然地红了，我慌乱地将头低下去，试图找到合适的地方，可以安放。可是，我却发现，我已经被他的勇敢、从容与骄傲，弄到丢了最后与他对视问好的勇气。那一刻，我觉得自己名牌的衣衫，与他们素朴的校服相比，是如此廉价且黯淡。

我在学校食堂吃饭的时候，看到附近中学的男孩女孩，常常会下意识地，与他们保持一定的距离。他们总是在食堂最中心的位置，任性地将桌子拼在一起。他们会大声地喧哗，会豪放地举杯，会在桌子底下，偷偷碰女孩子的脚，会放任地评说着天下大事。女孩子的脸上，会涂着一抹鲜艳的油彩，指甲上，满是怒放的花儿。有时候，她们也会素面朝天，只一件大大的套衫，一双白色的球鞋。可是，她们照样在男孩子面前，有无上的吸引力；照样让角落里远观的我，觉得羞愧。

我想我真的老了，我与许多上班的女子一样，在焦灼之中，将自己硕果仅存的一点年华，用昂贵的化妆品，逼到无路可走的角落。最终，青春回望我们一眼，知道我们的急功近利，再无法容忍它们妖娆的绽放，除了消失，无路可走。

急行之中，我们究竟，将我们的青春，丢在了哪里？它是不是像融化的雪糕，滴落在阳光炙烤着的柏油路上，来不及擦拭，便只剩了轻微的印痕？是不是像爆米花，或者可乐，黑暗中在电影院里，不知不觉，便被我们消耗殆尽？是不是如一件穿旧了的衣服，只因为它不符合审美的潮流，便被我们，弃置一旁？

我始终寻不到答案。但我却知道，我是在对物质的一路狂追中，将它们丢在了一个再也找不到的拐角。

许久之后一个有雪有阳光的温暖的冬日，我走过一个操场，迎面跑来一群男孩女孩，他们团着雪球，互相追逐喊叫着，兴奋的尖叫声，几乎将那河上的坚冰，给震裂开来。我站在那里，忧伤地看了片刻，正要转身离开的时候，一个雪球，无意中，落入我的脖颈。操场上一阵坏坏的欢呼声，我看着他们天真无邪的笑脸，忍不住，边抖落衣服上的雪花，边哈哈地笑起来，并朝他们嚷，嘿，坏小子，小心考试我让你们不及格！

一个女孩子跑过我的身边，拿着相机，啪啪地拍了一通，而后笑道，嘿，老师，就这样简单地笑下去，你会和我们一样年轻快乐哦！

我在那一刻，突然间明白，我那老去的青春，原来它并没有走得太远，它一路悄无声息地跟着负重的我，只等我像现在这样，回头，等它跑上来，与我不再年轻的容颜一起，不离不弃地，走一程，再走一程。

包利民

黑龙江人，专栏作家，《读者》《青年文摘》《意林》《格言》等期刊签约作家，畅销书作家。黑龙江省作家协会会员，教育部“十一五”课题组文学专家。已在海内外各大报刊发表文章近万篇，获各级奖项若干，千余篇文章入选各类丛书，有文章入选小学语文教材，多篇文章入选高考和中考语文试卷。已出版《当空瓶子有了梦想》《一朵花开的时间》《一条鱼眼中的海》《不能跳舞就弹琴吧》《给星星找片夜空》《低头见花》等十余部作品。

必须赤脚走的路

夏天的时候，我去拜访一位老者，那是在一个公众场合经朋友介绍而认识的。他是一个很传奇的人物，在文艺界极负威望，且在官场也是风生水起，据说还有些别的背景，是能量很大的一个人。退休后，来找他办一些难事的人极多，不过他很有原则，官场上的事不办，推荐介绍一类的事不办，等等。不过那些找他办事的人，虽然没有成功，可是却没有人埋怨痛恨，反而却十分感动，真不知是为老者的名望权威所迫还是什么。

我去老者那里，是和当初介绍我们认识的那个朋友同往，本来就是单纯的拜访，不过在路上也有了让老者提携引荐之意，想着等老者高兴时提一提。他家远离市区，费了很长时间，才到达。那是依山而建的一座两层的小楼，院子极为阔大，楼房跟院门近百米的距离。进了门，满院花草树木，很是幽深，丝毫没有人工造作之感，充满了自然之意。中间有一条很窄的圆石子铺就的小径，正要踏上，忽见旁边竖一牌子，上面写道："必须赤脚走过这段路，否则请回！"

朋友也是第一次来，我们相顾愕然。不过还是脱下鞋袜提在手里，走上那条圆石小路。一踏上去，顿觉脚底微温，小小的石子踩在脚下，有一种被硌着的舒服感，就像刺激什么足底穴位，说不出的惬意。而且，两旁的花草鲜美，芬芳弥漫，蜂飞蝶舞之间，还有各种鸟儿的鸣唱。一时之间，仿佛回到童年，光着脚丫走在田野里，一种纯净的快乐。走在圆石小径上，就像走在故乡的怀抱，有着一种巨大的亲切感。等到了楼前，心里感叹这条路竟是如此之短。

穿上鞋袜，进到楼里，见到了老者，我的心已经平静无比，经过刚刚短短百米的路程，已经使我尘俗顿忘，什么名利之心一时淡薄。所以与老者交谈时很是从容，朋友也是和我同样的心境，老者很是开心，与我们谈得很是逸兴遄飞。忽然觉得，这个老者，也不愿意再去沾染世间的烦琐之事吧！我问老者为什么铺了那样一条小路还立了那样的一个规矩，他反问，你们在那条路上难道没有一种亲切感？难道没有忘了心里的烦恼？

老者又给我们讲了一件事。有一次，一个盲人来访，他看不见那块牌子上的字，也从没听人说起过这个规矩。可让老者惊讶的是，那盲人居然也是光着脚走过的那条圆石小径！老者问他为什么要光着脚走过来，盲人说：“我在上面走了几步，觉得脚掌很舒服，心里也舒畅，于是干脆把鞋袜都脱了，果然更是感觉不一样。而且，你院子里的花很香，鸟也多。我不是对你不尊重，我只是觉得光着脚走这条小路太好了！”老者听了，心下很是感动，他觉得，许多美好的东西即使不用提示，大家也会发现。

从老者那里出来，又赤足走过那条小径，再次体会那种温暖而亲切的感觉，虽然并没有求老者办什么事，却觉得真是不虚此行。人生的道路上，我们真的需要赤足走过一些路，去感受自己最初的梦想，虽然鞋子可以带我们走过千山万水，但有时也是一种束缚，使我们忘了初衷。赤脚走过一段路，也许就会在风尘仆仆的人世中，发现一种美好，发现生命的真谛！

车后尘土飞扬

有很长的一段日子，很是困惑迷茫，也并非周围都是黯淡的际遇，也不是因为没有什么梦想，只是会觉得常常看不清楚前方的路。比如说一直在写作，把许多大家定为自己追赶的目标，可是通过努力，离他们越近，越是辨不明方向。隐隐感觉到，在那浓雾笼罩的前方，也许并不一定是归宿。可回头望来时的路，却依然消隐在岁月里，看不分明。

一个夏日的午后，阳光暖暖，驾车去很远的乡下，想通过那一份安然恬静，来沉淀自己浮动的心绪。一条乡间的土路，两旁是无尽的农田，一片欣欣的绿色，充满了生机。天蓝树碧，一时间心情竟是无由地兴奋。于是加大速度，在这条仿佛伸展到天际的路上疾驰。这时，远远地看见前方有一辆车也在飞快行驶，于是加大油门紧追过去。

及至接近，却见那车后的尘土铺天盖地而来。乡间的土路，在夏天就是这样，每有车过，便扬起无边的灰尘。在尘埃飞舞中，竟是看不清前方的车距，甚至连远方的景象也模糊起来。于是忙放慢速度，那车渐行渐远，尘土也随之远去，路又出现在视野里，远方的天蓝草碧也再度入眼。

从后视镜里望去，身后的路，也被自己的车扬起的尘土弥漫，根本看不到来路。一时心有所动，将车停在路旁，下车，坐在田间的土垄上，将身心交给这一方宁静。忽然想起曾经一个朋友说过的话：“有时越是接近目标，却越是为目标所排斥，其实那并不一定是真正的目标，也许只是前行路上的一个参照物而已。”

心下忽然明白，我们一直追赶着的，或许真的只是一个参照物，只是那个方向上的一个暂时的存在，总是跟着它走，或许会迷失掉脚下的路。就如刚才我在追赶前面的车辆，越是接近，越是为其后的尘土所阻所迷，那样的情况下，再跟着走下去，也许会随之走上另一条路而不自知。所以，有个暂时的参照物并不是坏事，那是一种动力的来源，但一定要保持安全的距离，不要让其阻挡自己的视线。这样，当那个参照物走上别的路，我们依然能坚持最初的方向。

而且，行走在这样的路上，特别是一条艰难的寻梦路上，是很容易扬起尘土的。别人扬起的尘土，会对我们有着不可估量的影响。而自己扬起的尘土，却遮断着所有的来路。所以，我们也不能后退，甚至回望也是一片茫然，只能让心坚定，一直走下去。有时烦了躁了，不妨暂时停下来，待尘埃落定，原来迷惑迷茫的种种，便全都还原成最初梦想的形状。就像如今的我，坐在田间，四望清明。

那个午后，我就坐在那里，看着偶尔经过的车辆卷起无边的尘土，过去后，却是复归平静。原来路一直在这里，所有的阻碍所有的困难，只是一时一地的过往，不会长久地停驻。也许更智慧的做法应该是，让心静，脚步却是不停，心静则不起尘埃，才能引领脚步一直向着梦想走下去，而不会中途迷失方向。

人生也须和它们一起冬眠

大雪尚未落下，山上和大地上的一些动物就已经进入冬眠了。其实在我们的一生之中，特别是最寒冷的时候，也有必要进入冬眠，或长或短，给生命积蓄力量。

青蛙的冬眠是深藏地下，因为它们没有毛或羽毛，所以身体体温调节能力很差，若是不冬眠，会被冻僵而死。在生活之中，有时候我们遇到艰难的境遇，如果不能去改变去适应，就让心沉静下来，待到春暖花开，就又是一个美丽的天地。

常常会有几个同病相怜的人，有着相同的坎坷，有着相同的失落，外界对于他们来说是同样的寒冷。就像蛇一样，蛇们是互相搂抱在一起冬眠，互相取暖，度过寒冬。若是单独一条，便会冻死。大家一起，彼此安慰，互相鼓励，那份温暖便会在真诚的心间流淌，如此，再长的冬季又有什么可怕？

熊的冬眠，比较与众不同，严格来说属于半冬眠。一般到秋天的时候，它们就会四处找食物，大吃特吃，将自己喂养得胖胖的。这样，冬天的时候，它们躲在树洞里，就靠身上的脂肪来提供养料。若是天气晴好，它们会醒来，走出树洞，继续寻找食物。这也像极了一些人，他们平时努力充实自己，以期在困难来临时有足够的应对能力。而且即使在困难中，也不会忘了继续充实自己。

还有一些人像蝙蝠一样，蝙蝠冬眠时都是倒挂在山洞里，吊在那里许久。它们之所以这样倒挂着，是因为它们的腿部无力，很难靠腿的力量起飞，所以这种姿势下，只要松开岩石，就会凌空而飞了。而那些人也是如此，他们在逆境之中，就是以这种最危险的姿势坚持着，待困难一过，便倏然而飞。所以，有时候，走到悬崖边上，也许正是飞翔的开始，而那短暂的停留，正是在酝酿飞翔的力量。

更多的时候，我们在艰难的时候，更要学会保护自己。因为你落难之时，会有很多居心不良的人想伤害你，想从你这里得到好处。就如刺猬一般，刺猬冬眠时，抱成一团，缩进洞穴里，尖刺根根向外直立。这样，有冬季觅食的动物发现它们，也无处下口。人也是这样，越是难挨的时候，越要保护好自己，因为只有自己完好，才能度过长冬。

由此可知，冬眠并不是一种逃避，而是一种积极的应对手段。那是一种凝聚力量的过程，是沉甸心灵的时刻。所以，当你看到哪个人于失败的挫折中变得很沉默很平静，就像是很麻木的样子，千万不要以为他已被击垮，更有可能他正处于冬眠之中，说不定哪一天，他就会豁然醒来，一飞冲天。

琐碎的幸福

那一天飘着漫天的雪花，闲极无聊的我与邻家老人有一搭没一搭地说着话。老大娘是我的房东，在这个城市多年，她是我遇见的最让人感到温暖的房东，所以没事的时候，我常去找她说会儿话。

她是一个很孤苦的老人吧，至少我认为是这样，老伴去世二十几年，唯一的儿子远居国外，虽然生活上没有什么困难，可心境应该是落寞的吧！那个冬天的午后，我心情糟得一塌糊涂，所有的不顺心如窗外的飞雪不可抑制。身边没有亲人，故乡千里，这个酷似母亲的老人成了我倾诉的对象。当宣泄得差不多了，老人面带微笑，我以为她要开导我一番，毕竟这个年纪的人经历了太多的风风雨雨，都有着洞察世事的睿智。可她却没有，只是向我询问着从小到大一些开心的往事。那些开心过的幸福过的，一一回想，才觉一生之中，容易淡忘的，都是美好的，痛苦却如影随形，即便多年以后，仍然触目惊心。

沉浸于温暖的回忆之中，心也渐渐平复过来。看着头发花白的老人，想到她的种种，油然而生一种歉意。便问："大娘，你这一辈子也够苦的了，到老了儿子还不在身边，真是挺孤单的呢！"大娘说："我吃过的苦可比你多多了，孩子，有些是你想不到的，特别是老伴去世的那些年，什么事都要自己去面对。可是你看我的精神状态不是挺好吗？没像别人那样愁眉苦脸或者孤单寂寞吧？”我一想果真是如此，便惊异地说：“真的啊！大娘，你是怎么做到的呢？”她并没有说心境平和一类的话，也没有讲什么人生的积极态度，她只是说：“因为我觉得自己的幸福已经够多的了，还没有什么痛苦能长时间影响我的心情呢！”我愈加困惑，她的生活，幸福还足够多吗？我反而觉得坎坷一直伴随着她。

老人起身拿起一个相册，指着里面的照片说：“看，这就是我儿子！”我逐一看去，照片中的男人从儿童到二十几岁的都有，很精神的一个小伙子。老人又拿出一本相册，说：“我老伴！”我翻看了一遍，忽然想到一个问题：“咋不见你儿子现在的照片？他在国外不给你寄照片啊？”老人摘下眼镜，说：“别人都说他在国外，当初也不知是谁这么说的，我也不对别人解释。他根本就没出国，他在监狱服刑呢，有十年了！”

这一次我彻底地震惊了，这样的经历，还不算是痛苦吗？这时，老人的话匣子打开，讲着自己的儿子和丈夫，那些生活中的点点滴滴，在她心中留下了不可磨灭的印迹。她脸上闪现着幸福的光晕，仿佛仍是全家团圆，仍是一个贤妻良母。渐渐地，我的心于感动中慢慢濡湿，她的痛苦仍在，仍然在生命中发生着，只是，她的幸福更为广阔，与之相比，痛苦反而不足为道了。所以她才能如此安详平静，在岁月中露出最舒心的笑容。

每个人的一生中，那些幸福的点滴，都散落在岁月深处。邻家老人只是将这些琐琐碎碎的片段，汇成一片温情的海，而那些伤过痛过的，只如泡沫一现，在幸福之海上消于无形。所以，一生中很多的无奈与疲惫，并不全是生活的真实反映，更多的是心境的失衡。让美好的幸福的，在生命中留痕，任何人的一生，都该是知足与无悔的吧！

微笑如染

记得少年时，总是陶醉于一句公益广告词："今天你微笑了吗？"那时的我，或许并没有想到太多，只是为这简单几个字的意蕴而神往。那时只是固执地认为，微笑是最为自然的，就像从心底绽放出的美丽花朵。而随着成长，看惯了太多招牌式的微笑，就如面具般，只是将笑容僵化成一个职业，再想到少年时的那句话，便感触颇多。

而无论如何，我还是相信，更多的微笑是发自内心，且能感染许多人的心境。上大学时，有一个导员，三十多岁的男人，很冷的一张脸，让我们这些学生干部看了就觉得紧张。有一次，开学乘火车返校，车上便偶遇了这个导员，那时他依然是毫无表情的脸，使得整个旅途沉闷至极。从心里更加不愿见他，仿佛一块寒冰能将我的心绪也冻结。不久后，我在寝室里吸烟，被系里领导发现，那时我们学校对吸烟的学生处罚极重。心里忐忑，当见到那导员时，还想象着那张脸更应冰封到极点。可是没有想到，他竟是对我微笑，没有一句责罚，并对我讲起了他上大学时的类似经历。心里极暖，那微笑就如阳光般，将我心中的恐惧担忧一扫而空。

多年以后，我依然会想起他那微笑，知道，一个常绷着脸的人，偶尔露出的笑意是多么温暖、多么感染心灵。我也曾有过当教师的一段经历，也曾遇见过让我气愤欲狂的学生。那样的时候，我一想起当年那个导员的微笑，便会心平气和。那一年在一个偏远的小县城教初中，班上一个极能打架的男生，在又打伤了别班的一个学生后，被我叫到办公室。当时心里很恼火也很无奈，可以想象我的脸也一定是气得扭曲变形。可我一直忍耐，所以一时沉默，那男生也略带惊惧地看着我。良久，我心绪渐平，看着男生的表情，一下想到了当年的自己，便释然而笑。我看见那男生的神情也如冰解，我拍了拍他的肩膀，并没说什么，便让他回去了。

又是近十年，我到了更遥远的一个城市。在所有的交往之中，我总是会注意到那些在众人面前露出会心微笑的人。他们并没有那些大笑或者眉飞色舞的高谈阔论，他们只是静静地微笑倾听。当然，并不是说大笑高谈的人不好，可我真的只是为那种微笑而感动。那些人，最终都成为我最好的朋友，和他们，没有更多的言语交流，更多的时候，只是相视时一个微笑，心情便会相互洇染，暖意盎然。

有那么一个晚上，我在网上登录大学时的校友录，突然就发现那个导员也在，和他亲切地交谈，当年的男人也已年过半百，说起往事，我真诚地告诉他，他当时不经意的微笑，竟影响了我以后的许多年。是的，当年他也许真的只是不经意的一笑，或许他自己早已不记得，却是给我留下了这么深的印痕。

打开邮箱，一封陌生的邮件，细看，竟是当年我教过的那个爱打架的男生，如今的他已是一个有着自己公司的老板。他说："当年老师长久沉默后露出的微笑，一下击中了我心里最柔软的角落。我是带着那种温暖一路走来……"

看罢，对着电脑，我微笑。是的是的，微笑有一种神奇的力量，不仅美丽自己，更能感染他人，那一份温暖的传递永不断绝。所以，每天每天，我都会真心地问自己：今天，你微笑了吗？

香雪

回到故乡，遇见以前的语文老师，当年那个美丽的中年女人，却已经是憔悴苍老。只是在她不变的笑容里，依然有着曾经那种直入人心的温暖。她居然还记得我，说我当时的作文写得好。那个初夏的午后，我和她静静地坐在阳光下，说着从前的种种，她的白发闪着细密的光。

我的这位老师当年是一个很有才华的女子，却是命运多舛，一生都如风中飘蓬，辗转无依。据说她年轻时，几度逃婚，从很远的地方一直跑到黑龙江，终于遇见自己喜欢的人，相爱成家。却是好景不长，在孩子出生的那一天，丈夫在赶回的途中遭遇车祸，从此只剩下孤儿寡母。日子艰难无比，可是更黑暗的际遇却还没有来临，三年后，一场大病夺去了儿子幼小的生命。那许许多多的日子，如旧的晨昏晴雨，却成了她心底永远的疼痛。

从此再无婚姻。在黑龙江的一个个城市间游走，也曾回到老家，却已物是人非。后来当了教师，在我所在的中学里，一直到退休。她从没领养过孤儿，只是自己生活，她用心爱着她所教的每一个学生。我曾去过她的家里，最让我震惊的，是那么多的书，那两年，我常常去她家里借书看，有时还和她探讨一些书中的内容。后来初中毕业后，高中在另一所学校，见到她的时候就少了，也偶尔会去她家里找书看。大学后，联系得更少，毕业后一直在外地，每次回来都是匆匆，于是那张容颜在记忆中渐行渐远。

有时回想起来，很震惊地发现，老师的脸上，竟是一直有着笑容的。仿佛没有磨难临心，仿佛没有沧桑侵染，那清亮的目光直穿透重重的岁月，在我的记忆里闪亮。

老师问我："你在那个极北的城市里，可有发现什么难忘的事物？"

我心一动，说："老师，记得您当年给我们上课时，讲过梅花，还告诉我们，香雪指的就是梅花。可是老师，我在那个城市里，真的发现了香的雪，是雪，而不是花！"

回来之前，在五月，一场大雪降临在这个城市本就迟到的春天。那个时候，野地里的丁香刚刚开放。雪落下，将那些粉的花朵变白，白的变肥。此时的雪极黏，就粘在那簇簇的灿烂之上。而且枝上也是一层，行走在其间，就如童话般的世界。而且，在清凉的空气中，流动着氤氲的香味。我伸手抓起一团花上的雪，那雪竟然也是芳香的。我看见有许多人在收集着花上之雪，说是可以泡茶，更增意味。

老师听我讲完，眯起眼睛，嘴里念叨着"香雪"，似是在想象着那样的花上之雪。看着老师的白发，想起一句话：白发的芬芳。那也是一种香雪吧，是岁月的香雪。雪因花而香，世事因心绪而多情。如果一个人心里盛装着美好的希望，那么就算经历再多的苦难，她的心也会将苦难点染得芬芳四溢，而不是被冰雪冻结。就如我的老师般，她教给我香雪这个词，又用她的一生给这个词做了最生动的注解。

冰雪下的花儿，将芬芳直透人心，却是将冰雪也染香。苦难下的笑脸，苦难下充满希望的心灵，也会将苦难升华成一种美丽，那种美穿透岁月的阴霾，成就生命中最美的彩虹。香雪的下面，是一颗芬芳而坚强的心。

大雪封不住有希望的心

有一年冬天，我和表弟徒步去离村几十里外的荒野中抓兔子。在白茫茫的雪野中走了许久，也不见那一行令我们欣喜的印迹，而且中午的时候，起了暴风雪。漫天的狂风，无边的大雪，甸子上的积雪被风吹得像波涛一样滚动，我和表弟躲在树下，满心恐慌。

过了近两个小时，风停了，雪也小了，我和表弟忙着往回赶。可走了好一会儿，发现周围仍是无边的雪原，雪虽然没有刚才下得大，可我们的足迹还是很快被湮灭。我们心里一惊，知道是迷了路了。本来在冬天很少能于野外迷路，至少有来时的脚印能引领我们回家。可是现在，周围除了雪还是雪，没有路。那些站着的身影，是荒甸上稀稀疏疏的树。

每走到一棵树下，表弟便爬上树去向远处张望，可是这么大的暴风雪过后，很难见到村庄的影子，仿佛大地上的印迹都被大雪所埋没。就这样一路走着，心里焦急万分，如果不能找到村庄，到天黑下来，等着我们的就是黑暗与寒冷，无疑是死路一条。一边走一边纳闷，平时没觉得甸子这么大，怎么周围的村庄一个都看不见呢？我们本想朝着一个方向走，可是满天风雪，根本无从辨别方向，只好向认为对的某个方向不停地走。

当表弟再一次爬上一棵树时，他大声喊道：“哥，前边的雪地上有个黑点！”我们精神一振，奋力迈着疲惫的双腿向前方走去。有的地方雪极深，一脚踩下去能没掉整条腿，这让我们提心吊胆，怕掉进一些被雪填平的深坑里，这极大地影响了我们的速度。表弟一次次地上树，我们离着那个黑点也越来越近，这是我们唯一的希望了。

终于走到了那个黑点所处的位置，却原来是一口极深的水井。表弟失望至极，我心里忽然一动，说：“既然这里有井，附近一定有村子！”表弟闻言又来了精神，飞快地爬上一棵最高的树，观望良久，忽然大喊：“哥，我看见那边有一缕缕的烟，可能是个村子！”我们立刻向那边出发。现在已是傍晚，表弟看到的烟定是村庄的炊烟。又走了近一个小时，一个村子出现在视野里，此时天已擦黑，那一刻，我们都躺在雪地上，大口地喘着气，放下了心中的巨石。

到了那个村子，我们在老乡家休息了一会儿，便抄近路回到了家，才几里路的距离。想起来真是后怕，如果没有那眼水井，我们也许真的会把命丢在无边的雪野之上。而且心内也很震惊，那么猛烈的暴风雪，竟然封不住一个小小的井口！

许多年以后，再次回想往事，心中忽然就多了一份震撼一种感悟。如果把人心当成一眼水井，那么就算生命中的风雪再大，也无法锁住心里的热情。而且，更重要的是，还能给迷路的人指引方向、带来希望！

我只想摸摸这个世界的声音

看惯了这个世界的色彩斑斓，听烦了生活中纷至沓来的噪音，每天每天，为了生存而奔波劳碌，不知不觉在东走西顾中碎了心中许多的梦想。于是失望、厌倦，却无法使自己停下脚步。

我在这样的时候，通常去找一个朋友倾诉，愤慨地用语言发泄心中的郁闷抱怨。而她始终微笑着，她什么也听不见，她从小就是聋哑人，这个世界上的任何声音对她都没有意义。面对这样一个人，我可以尽情地说，尽情地咆哮，不必担心心中的脆弱和愤恨被第二个人知道。就好似对着镜子中的自己一样，可是又有着极大的不同，毕竟，我可以看见一张微笑的脸。

有一次，我接连遭遇了工作和生活中一连串的挫折，我愤愤地找到她，可是，说了好久，激动的心情都难以平复下来。她忽然抓起我的手，带我出了门，门外，仍然是那个让我憎恨而又摆脱不掉的世界。我随着她七拐八拐地转过几条街，前面是一个工地，正在搞拆迁，此刻正准备垂直爆破一个高高的烟囱。她拉着我进了路旁的一个电话亭，在那里远远地观望。我不明白何以她忽然有了这种闲趣，便也静静地看着。随着一声巨响，地面仿佛颤抖起来，电话亭的玻璃窗更是被震得簌簌响。转头间看见她把两只手按在玻璃上，脸上带着满足的微笑。十几秒后，声响消失，她在玻璃上呵了一口气，飞快地写下一行字："我只想摸摸这个世界的声音！"

我的心蓦地一动，在她的世界里，声音该是一种永远无法企及的梦想吧！可是，她却用这样一种方式去触摸那梦想，那该是一种怎样的智慧与执着！

夜里，我收到她发来的一条短信："我梦想听到这个世界的声音，可是命运却注定我只能用手去触摸这声音。当那份震颤通过手掌传到我心里时，我有一种想流泪的冲动。"

我回短信问她："在那样寂静的世界里，你就用这种方式感觉声音的存在？"

她答："是的。就算是你们认为的噪音，对于我来说也是最美的音乐。因为，我用的不是耳朵，而是心！"

我一时无语，心底有一种情愫在悄悄地涌动，连日来的烦恼与愤懑都被这种情绪感染得温情脉脉起来。我该怎样去感知这个世界，才能让怨怼变成美好？

她又有短信来："在夜里，我用手掌抚摸自已的心跳，那样真实的轰鸣。也许，这才是我生命中最美丽的声音，因为，它证明着我还活在这个世界上！"

是的，是的，只要活着，所有的美好就终会到来。充盈在我胸中的，就是这种激情吧！这个世界上，总会有挫折打击，可是，如果用另一种心情另一种方式却触摸磨难，那么，所有黯淡的际遇也许就会变成生命中灿烂的点缀！就像我的朋友，用手把这个世界的噪音触摸成最美的乐章。

在漫长的夜里，我将手放在胸前，于轰鸣的心跳中，触摸到了美好的希望正如花朵般绽放！

心生欢喜

早晨，送孩子去上学，大雾迷漫，空气中透着清凉，远处的山皆隐去无踪，近处的树只余朦胧倩影，一时但闻鸟鸣却难寻鸟踪，残余的睡意顿去。等回来的时候，雾已经淡薄，有阳光从东方斜斜地照过来，穿透万千细密游移的水珠，散射漫天的金霞。便觉满心舒畅，很美好的一个开始。

回去后，网上一朋友邀我去下棋，便乘兴而往。他家是山坡上的平房，我们在院子里开始于黑白世界中驰逐。偶然抬头，但见岭树映目，山云接檐，飞絮飘然落于纹枰之上。便觉闲淡悠远，仿佛飘然出尘，不知身之所在。棋罢指尖犹凉，便起身凝望山间浮岚，心飞神渡，眉眼间全是欣然之意。

记得少年时，有一段时间酷爱下象棋，那时家在农村，闲时便提着棋袋四处寻人对弈。不过那时大家基本都在田里干活，便找到田里等着。有时等得急了，就冲进去和别人一起干，待干完活，顾不得擦汗，便在田间地头，或树荫之下，摆开棋盘厮杀。烈日高悬却一荫如盖，就坐在暖暖的土地上，腿旁放一罐清水，走上几步棋便喝上口水。彼时清风徐来，额上汗水便清凉无比，庄稼的清香随风飘荡，真是惬意无边。

有一次和一个大叔下象棋下得上了瘾，我们在地头一直下一直下，那大叔连输几盘，也顾不得去干活，非要找回来。不知啥时候阴的天，更不知啥时候开始下的雨，我们就沉浸在车马炮之中。后来雨成瓢泼，我们才狼狈而起，向村里狂奔，相顾而大笑。

还有一回下大雨，我在姑姑家里，也是农村。天暗得像黄昏，雨密集得看不清任何东西。我们就站在窗前，看外面一片水的世界。下了十多分钟，依然势头猛烈，姑父提议出去到雨中洗澡，并说此时空气中的尘土已经冲尽，雨水干净。我和表弟都欢然同意，于是脱光衣服冲进院子，立刻被雨包围。大雨淋身，一时目不能视口不能言，真如身处水底。身心同雨水一般清凉透爽，从此爱上雨天，即使再没有这样的经历。

去年和几个友人一起去爬一座荒山，听人说山那边景极深幽，是难得之佳境。于是我们劲头十足，经历千辛万苦终于攀至山顶。却突然发现，那一面是极陡的悬崖峭壁，并无可下山之处。于是都望着对面山下的佳境，颇为懊恼。忽闻花香阵阵，但见在山顶一块平坦处，杂花恣意而生尽情而放。立于花丛之中，遗憾之情忽去，喜悦之心顿生。

在这个深秋的午后，看着远远斑斓着的五花山，看那些红枫黄杨，看那些碧松白桦，神游其中，心生大欢喜。回望来路，虽然一直身处红尘劳碌之中，却有着那么多的点滴片段，让我心中的欣喜不能自抑。那让我忘尘的种种，皆是凡世中的所眷所恋。虽未入清凉之界，却常生欢喜之心。如此，生命虽然繁复，但有了那欢喜之心，却依然是我最美的家园。

崔修建

文学博士，《读者》《青年文摘》《格言》等期刊签约作家。现为哈尔滨师范大学文学院写作教研室主任，硕士研究生导师。曾在国内外数百家报刊发表各类作品四百余万字，被《读者》《中外文摘》《视野》《意林》等报刊转载八百余篇，有数十篇作品入选一百一十多种教材及教辅书籍，多篇作品入选多个省市的中考、高考试卷和模拟试卷。作品曾入选《名家散文精选》等四百多种选集。已出版个人作品集《爱那么短，爱那么长》《有一种花叫不谢》《左手智慧右手爱》等十八部，与人合著《人生锦囊全集》等四十多部，编著教材《大学写作教程》等。

美给自己看

朋友带我一路翻山越岭，前往深山密林间，去寻找那位养蜂人，只为给远方的亲人买到最为纯正的蜂蜜。

路上，朋友告诉我，那位养蜂人很能干，也很能吃苦，每年他都要带着蜂箱，去很远的山林里，找到蜜源最丰富、最安全的地方，一个人驻扎下来，长时间地忍耐着孤独，直到收获了让人啧啧赞叹的蜂蜜，才会欣然地回到山下的小村，和家人幸福地团聚。

养蜂人的妻子身体一直不大好，他赚的钱，很多都换成了妻子的药费，他对妻子种种的好，熟悉他的人没有不翘大拇指的。前年，他的妻子病逝了，原本就不大爱说话的他，一下子变得更沉默了，人也苍老了许多。他有一个女儿，在南京读大学，听说学习挺好的。只有提起女儿，他的话语才会多一些，语气里也多了自豪。

在转过一个山窝窝时，一条清凌凌的小河，突然出现在面前。河水清澈见底，河中有巨大的白岩石和光滑的鹅卵石，石缝间有小鱼欢快地游着，我俯下身来，掬一捧河水送入口中，一股惬意的清凉直抵肺腑。真爽，我不由得又喝了几口。

蓦然抬头，前面不远处，一个穿红格衫的女孩，正蹲在河边的那块青石板上，蘸着河水，轻轻地揉洗着长长的秀发，绵软如絮的阳光，轻吻着白嫩的臂膊。她没有使用洗发香波，也没有用香皂，只选了从山中采来的天然皂角。那垂向河水的如瀑的黑发，与她柔曲的腰肢以及身后那青翠的山林，构成了一幅天然的美图。

女孩直起身来，拿出一把木梳，以河水为镜，一下一下，爱怜有加地梳理着湿漉漉的秀发，像一只极为爱惜自己羽毛的孔雀。

真是一个爱美的女孩，我轻轻地赞叹道。她是美给自己看的，朋友一语轻松道。

是的，她一定是居住在幽深林间的某一个小屋，很少有人能够看到她的美，但那又何妨？她可以美给自己看啊。

继续往前走，眼前猛地冒出一大片开得正艳的芍药花，我和朋友都惊喜地喊叫起来，我们跑过去，欣喜地用手抚摸着，贪婪地嗅着花香，还拿出手机，不停地拍照，恨不得把那令人惊颤的美，全都收录下来。

可惜了，藏在这样的深山老林了，很少有人能够看到它们的美丽。朋友有些惋惜道。

它们是美丽给自己看啊！我立刻联想到了刚才在河边洗发的那个女孩，想起了朋友的话。

对，它们的美丽是给自己看的。我和朋友恋恋不舍地走开了。

终于见到了那位养蜂人，他穿一件很干净的深色衬衫，头发整齐，胡须剃得干干净净。真是一个利索人，与我想象中的蓬头垢面、胡子拉碴的形象，实在是相去甚远。

距离那一大排蜂箱两百多米远，有他搭的帐篷，还有用枯树搭建的凉棚。他从凉棚底下，搬出一罐罐封好的蜂蜜，一一地介绍给我们，热情地让我逐一品尝，果然都是上好的蜂蜜，他的要价也不高，比我预想的还要低一些。我有些眼花缭乱地选了好几种，多得朋友直笑我贪婪了，要背不动的。养蜂人送我一个大塑料桶，告诉我回去后马上把蜂蜜倒出来，换装成小罐，还叮嘱了我许多保存蜂蜜要注意的事项。

愉快的交流中，我发现，他的居所四周都做了精心的美化，碎石块砌成的排水沟，藏在幽密处的厕所，帐篷前居然还移栽了两大排野花，有幽兰、芍药、矢车菊、如意兰、扫帚梅，还有一些是我叫不出名字的，他的凉棚上缠绕的，则是一簇簇牵牛花和紫藤花。

我不禁赞叹他是一个热爱生活的人，独自在这来人稀少的地方，还把一切都安排得那样井井有条，那样让人看着舒畅。

他不好意思地笑笑，告诉我们，已经习惯了，一个养蜂人，走到哪里都是家，是家就要装扮得漂亮一些，没有人来看，就给自己看。

是美给自己看。我和朋友相视一笑，不约而同地总结道。

就算是吧，干净一些，利索一些，漂亮一些，自己看着心里也舒坦。养蜂人说着，把一个自己用桦树皮编织的精致的小花篮送给我，我道了谢，想起了朋友说过他喜欢看书，从背兜里掏出特意带来的自己写的书。看到我在书上签了名，他满脸自豪道，以后再有人来这里买蜂蜜，我就拿给他们看，告诉他们说，我有一个省城的作家朋友，也喜欢我的蜂蜜。

我笑着对他说，您的蜂蜜的好不用我的书打广告，看到您周围这一片美景，就能想象得到。

此行不虚，不仅买到了上好的蜂蜜，还有了惊喜的发现和由衷的感喟——无论身处何地，无论日子是否顺意，都应该像那些恣意绚烂的野芍药，像那个临河梳洗的少女，像那个把自己和帐篷里里外外都装饰得漂漂亮亮的养蜂人，即便没有人欣赏，那也要尽情地美给自己看。

落叶不只是在秋天

春光明媚的三月，校园内大大小小的树，正绿得鲜嫩欲滴，各种争奇斗艳的花，正开得恣意、浓烈。

一阵微风拂过，不经意地一低头，我的心不禁猛地一颤：地上竟躺着几枚绿色的叶子。

我弯腰拾起一枚不幸的绿叶，放在掌心，仔细端详起来——它生得很健康啊，脉络分明，柔柔韧韧，与枝头那些苍翠的叶子，并没有什么差异。

一点儿枯黄痕迹都没有的绿叶，怎么会在这生命葱茏的季节骤然飘坠呢？

轻轻抚弄那枚如眉的绿叶，我开始为它过早的凋零惋惜不已：那么多绿叶都在为浓郁的夏日积蓄着热情，都在为饱满的秋日努力着，而它却在梦想刚刚绽开时，便匆匆地告别了希望生长的枝头，它该有着怎样的遗憾和不甘呢？

原来，落叶不只是在秋天。花蕊一样年轻的生命，也会猝不及防地戛然而止。

忽然，我想到了不久前英年早逝的复旦大学女博士于娟，想起她的那部生命绝笔《此生未完成》。她是那样一个热爱生活的年轻人，曾有那么多缤纷的向往，曾那样不辞辛苦地打拼，不知疲倦地朝自己心中的“宏伟目标”急驰的她，根本没有料到，在她生命最葳蕤的某一天，急剧扩散的癌细胞，会无情地宣布她的生命将提前谢幕。

仿佛当头一棒，病痛中的她，才陡然发现，自己的人生其实完全可以是另一种样子，“活着就是王道”。于是，她这位年轻的女儿、母亲、妻子，在同死神顽强抗争的那段日子里，在博客里写下了感动数百万人的至真至美的生命感悟。其中，有一段最令人感慨唏嘘的真情告白：“在生死临界点的时候，你会发现，任何的加班，给自己太多的压力，买车买房的需求，这些都是浮云，如果有时间，好好陪你的孩子，把买车的钱给父母亲买双鞋子，不要拼命去换什么大房子，和相爱的人在一起，蜗居也温暖。”

哦，许多美好的东西，常常在逝去之后，我们才蓦然发觉它们的弥足珍贵。

由此，正在拼命地追逐梦想、拼命地打拼未来的我们，真应该抽出一点儿时间，好好地检视一下自己眼下的生活状态，看一看，我们是否将自己生命的弦绷得太紧了？是否被那些欲望牵扯得过于忙碌了？是否被那些世俗的功名利禄缠绕得忘了让身心轻松一些？查一查，我们的心灵已被多少太实际的东西占据了？每一天都在拼命地加班、考各类证书、提高学历、提升官职……白天忙得焦头烂额，连那么多本该清静的夜晚，也被塞得满满的，而且总能找到堂而皇之的理由，陷入那些可有可无的网聊、饭局、K歌、游乐、蹦迪、通宵电影……许多人的生命，宛若高速旋转的陀螺，一时自己都已难以掌控了。

不妨扪心自问：我们究竟在追求什么样的幸福？我们应该拥有怎样的生活？

真正聪慧的人，懂得唯有好好地珍惜人生的春天，才能拥有风光无限的人生四季。他们知道，完美的生命，应该像一枚饱经沧桑的叶子那样——该萌发的时候萌发，该苍翠的时候苍翠，该葱茏的时候葱茏，该枯黄的时候枯黄，该凋落的时候凋落，一切都自自然然，从从容容。不过度地透支，不肆意地挥霍，不拼命地争抢，适度地取舍，自如地进退……

没错，正值芳华岁月的年轻人，如果不想让自己生命的叶子凋落在春天，不想让自己的人生留下太多的遗憾，那么，就要学会让目光再辽远一些、再深邃一些，减掉那些不必要的心灵重负，驱逐那些不该有的焦虑和盲从，让前行的脚步再轻松一些，让正经历的每一个鲜活的日子再充实一些、快乐一些。

好好地照料生命的每一寸光阴，就会避免许多类似春天落叶的遗憾。

那些动人的风雅

在荷兰首都阿姆斯特丹的一个街角，我见过一位特别的艺人：他年轻，个子细高，西装革履，扎一条红色领带，皮鞋擦得锃亮。他身旁放着一支漂亮的长笛，却从未见他吹奏过一次。他端坐在阳光里，轻轻吹着一支耳熟的乡村口哨曲，一双灵巧的手，三下两下，便用麦秸编出一只形态有点儿夸张的蚂蚱。最让我惊讶的是，每编好一只蚂蚱，他都会给它起一个非常亲切的名字，仿佛它们都是自己心爱的孩子。

我将目睹的那一幕风雅，讲给一位大学的同事，他说："在欧洲，我也经常会被一些风雅感动。"

同事在法兰克福大学讲学期间，结识了一位高龄的学生，她七十一岁了，是从保洁员的岗位上退休的。同事很惊讶，她居然走进他的课堂，饶有兴趣地听他讲中国古典文化，她认真地做笔记。课间，她问了他一连串问题，像一个喜欢刨根问底的小学生，对他讲的内容，她孜孜以求，似乎很多问题都想一探究竟。

同事耐心地一一解答了她的问题。她从兜里掏出一朵鲜艳的蔷薇花，送给同事："谢谢您，我从您生动的讲述里，闻到了淡淡的花香。"

瞬间，一股特别的感动，拥抱了同事。他讲了那么多年的课，第一次惊喜地听到有人说，从他的课里闻到了花的芳香。

与同事毗邻而居的布朗教授，是一位著名的化学家，也是一个心地特别善良的老头。

有一天，一个七八岁左右的小男孩，抱着一个金鱼缸，来向他求援：不知道什么原因，那三条金鱼突然打蔫了，好像生病了，不进食，也不愿意游动，一副可怜兮兮的样子。

布朗教授仔细观察了好半天，似乎也没能找到真正的原因。于是，他动手为鱼缸换了清水，又补了氧气，还拿来了金鱼最爱吃的食物，结果却依然如故。

小男孩的眼睛流露出明显的失望："难道它们真的要死了吗？"

"也许它们只是累了，想换一个地方长长地睡一大觉，让它们在我这里休息一天，好吗？"布朗教授抚摸着小男孩的头，柔声地提了这个建议。

小男孩很信任地放下了鱼缸，转身回家了。

第二天，小男孩早早地来敲布朗教授的门。他欢喜地看到，三条金鱼正在鱼缸里活泼地游来游去。好像一觉醒来，它们又精神抖擞了。

小男孩开心地说："我跟妈妈说过，它们不会死的，我真的说对了。"

"孩子，你说得很对。"布朗教授面带微笑。其实，他第一眼就看出来了，那三条金鱼感染了一种很厉害的疾病，已无法治疗。但他没有说明，还煞有介事地那样忙碌一番，只是不想让小男孩伤心。他留下鱼缸，偷偷到市场买了三条一模一样大小的金鱼。

更让同事感到意外的，是布朗教授将那三条病死的金鱼，埋到校园里的一棵樱桃树下后，双手合于胸前，口中念念有词，为它们默默祷告了一番，才起身去实验室。

布朗教授对小男孩的悉心抚慰，对金鱼生命的尊重，在细微之处，展示的正是知识分子的一种令人肃然起敬的风雅。

还是在荷兰，两个从打谷场归来的农民，在夕阳下，在秋日柔软的田埂上，慢悠悠地走着。一个拍着另一个的肩膀："兄弟，我们先去喝一杯咖啡，然后，我们坐火车去城里，欣赏一下那里的月光。"

劳碌后的农夫，喝一杯咖啡，已是十分风雅的事了，竟然还要搭乘火车，去城里欣赏一下别有风味的月色，更是令人惊叹的风雅啊。

没错，谁都可以活得风雅一些，都可以展示自己与众不同的风雅。风雅，也从来都不与年龄、身份、职业、教养等密切相关，而是与人的精神世界息息相通。一个人的风雅，正是其心灵纯净、品位优卓、境界脱俗的生动写照。有风雅润泽的生活，会多一份情致，多一份令人舒心的美好。而许多人的风雅，汇聚在一起，则能折射出一个民族、一个地域、一个时代特有的文化风貌和情趣。

最好的收藏是欣赏

去欧洲的旅途上，我有幸结识了一位著名的古玩鉴赏家。与其闲聊收藏，我提了一个问题：“最好的收藏是什么？”

鉴赏家掷地有声地回答：“最好的收藏是欣赏。”

“为什么是欣赏？”我面露困惑。

“没错，面对世间无数的奇珍异宝，你只需学会欣赏，便足够了。只有懂得欣赏的人，才真正明白，收藏的真谛，不是占有，而是分享。”鉴赏家的目光深邃而清澈，一如蔚蓝、辽远的天空。

我不禁想起了“中国民间文化守望者”、台湾著名杂志《汉声》的创办人黄永松。他曾当过摄影师，做过导演，但从1971年开始，为了弘扬中国的民间文化，他开始将热情探寻的足迹，撒遍无数的乡野和村落。他曾见识过许多民间珍藏，但他从不收藏，只是欣赏。

那一年，他偶尔在一部典籍中，得知贵州有一种特别的蜡染古法。于是，他兴致勃勃地踏上了找寻之路，黔东、黔西、黔南、黔北，他记不清自己究竟走访了多少个山寨，问询过多少人，终于在贵州麻江县龙山乡青坪村，惊喜地见到梦寐以求的古法蜡染。

那位坐在青石板上晒太阳的曹汝讲老人已经一百零二岁了，虽说腰明显地弯了，却依然耳聪目明，身手敏捷。她拿出九十岁时以古老的竹刀、木蜡创作的背扇，黄永松的心立刻被点亮了：不可思议的构图，浑然天成的色彩，巧夺天工的技法……整件作品鸟语花香，春光明媚。

黄永松呆呆地望着那件稀世珍品，仿佛看到了博大精深的世界。

那会儿，黄永松正准备筹办一个“中国蓝印花布”展览。或许是对古法蜡染太痴迷了，他唯一一次想破例，购一件古法蜡染作品。

他与曹汝讲老人的曾孙商量后，曾孙同意转让一件背扇给他。然而，就在他拿了那件背扇准备离开时，老人却追了过来，抢回背扇，执意不肯让他带走。曾孙过来与老人耳语了许久，老人终于同意了，但她随即做了一个令人吃惊的举动——她用剪刀从背扇上剪下一个小角，然后把背扇交给黄永松，认真地告诉他：“我把灵魂留下，身体给你。”

“我把灵魂留下，身体给你。”轻轻地重复一遍，黄永松的眼角陡然一阵灼热。

原来，每一件与生命息息相关的物品，其实都是有灵魂的。面对那些具有灵魂的珍品，我们每个人都应该心存敬畏地欣赏，而不能占有性地收藏。

从那以后，黄永松一直要求自己和手下的编辑们，无论走到哪里，都“只带走照片，只留下脚印”，一路欣赏世间的美好，一路在心头珍藏美好。

细细想来，能够以一种欣赏的情怀，去对待世间的万事万物，去与熟悉的或陌生的人们相处，那该有多好——看到美丽的景物，停下脚步，慢慢地欣赏，可以欢呼雀跃，也可以细细地品味，可以存于相机里，也可以留在画布上；遇见罕见的珍品，不妨好好地品鉴一番，把玩一番，把赞叹留下来，把欣赏印刻在心头；碰到可心的人，且与之谈笑风生，把由衷的欢喜留下，将难忘的记忆带走……因爱意盈盈的欣赏，斩断了欲望的羁绊，剔除了贪婪的缠绕，我们会蓦然发觉，目光柔和、身心清爽的自己，每一刻都会被一些美丽簇拥着，自己也成了美丽的一部分……

如果你执意要收藏一些东西，就像那位读懂了沧桑岁月的百岁老人那样，学会收藏一些美丽的灵魂吧。譬如，收藏那些时聚时散的云朵，那些有情有意的落花流水，那些质朴无琢的亲情，那些一尘不染的友情，那些甘甜醇美的爱情……只要你有一颗愿意欣赏的心灵，再加上一双欣赏的眼睛，你就一定会收藏到这个世界上最珍贵的东西。

爱在，此生就都是有情天

常有朋友惊奇地问起，为何我笔下的文字总是那么情意绵绵?

我浅浅一笑，只回答一个字：爱。

的确，因为心头始终有爱，如清泉，在潺潺地流淌，所以，生命中的许多日子，都陡然多了些惹人迷恋的色彩，多了些美妙无比的诗情画意。

暮秋时节，我回到阔别了三十年的故乡。那个蜂蜜山脚下的小山村，早已物非人也非。可是，与故乡人围坐，话题向往昔只那么轻轻一推，许多似已尘封的往事，便载着暖暖爱意，悠悠而至，漂泊已久的心，瞬间便有了抵港的安妥。

老邻居王大爷马上就九十岁了，他银发银须，一派洒然，记忆力好得令人惊奇。他拉着我的手，乐呵呵讲我的那些少年趣事儿，快乐的旧时光再次翩翩而来。而我刚刚知道，他六十岁那年因胃癌，将胃切掉了三分之二；他唯一的儿子二十年前死于一次车祸，承受不住打击的老伴，疯疯癫癫了十多年后，也跳了河。

即便这样，我从王大爷那沟壑纵横的脸上，却看不到丝毫的悲伤和怨尤。他说的那句话真好：心里有爱，有舍不得的牵挂，生活就不会是一团黑。

朴素的一语，重锤般叩动我的心扉：爱如阳光，自然会驱逐所有的阴霾。

当年，我大学毕业，被分配到那个偏远的林区小镇，在一所非常普通的中学里，度过了一段美好的青春时光。还记得，有同学在我那简陋的宿舍里，见我兴致勃勃地练写毛笔字，惊讶地问我：在这艰苦的地方，你也能找到乐趣?

我淡淡地回了一句：心里有爱，哪里都有风景。

那是我青葱岁月里对生活的一种诗意的理解，至今仍坚信不改。

学校附近有一座光秃秃的小山，我常常沿着坑坑洼洼的山路，爬到山顶。望着山下密密麻麻的平房上面升起的缕缕炊烟，望着蓝天上偶尔飘过的一片白云，一任思绪缤纷。那份简单，那份纯净，令我油然而生缕缕欢喜。那些日子里，我没有丝毫的落寞，反而有一种难以形容的充盈。原来，许多幸福，一如那独自生长的茵茵小草，只需拥紧自己爱着的那方天地，就触手可得。

就像我至今仍喜欢阅读诗歌，尤其是冬日的晚上，在柔和的灯光下，默默地读着那些精美的诗句，仿佛有一瓣瓣晶莹剔透的雪花，在我的周围静静地撒落，它们带给我一片洁净的暖，让我由衷地感觉到，与童话世界相通的生活，真好。

那天，在人声鼎沸的早市上，我见到一位卖鱼的小伙子，他戴了一顶显得有点儿滑稽的翘角小帽，怡然自得地吹着口哨，笑容可掬地为顾客忙碌着：选鱼，过秤，去鳞，剖膛，除杂……每个动作，都那么干脆利落，游刃有余，洋溢着一种叫人羡慕的热爱。

见我驻足欣赏，他忙得更欢快了，那一脸的自豪，让我立刻想到一部小说里被爱情鼓荡的那位少年。我冲动地对他说，我要送他一本我新出的书。

他惊讶地问我为什么，我告诉他，我从他这里再次看到了爱的魅力。

周末，约了三五知己，来我的小屋。大家围拢在我身边，看我扎了围裙，饶有兴致地研磨独家配方的“崔氏卡布其诺咖啡”。尚未啜饮，彼此便先有了三分沉醉。然后，天马行空，且说，且吟，且唱，偶尔，也激动地争辩，慷慨激昂，彼此口无遮拦，看似杂乱的话题，或隐或显的，其实都绕不开那个中心词——爱。

岁末，我参加两位老人相亲相爱六十年的“钻石婚”庆典，仔细地打量，他们是父母包办的旧式婚姻，似乎根本就没有什么风花雪月，也没有什么百转千回，他们只是津津有味地经营着柴米油盐的日子，一天又一天，仿佛每个日子都平淡无奇，甚至找不到一件值得珍藏的大事，然而，他们却真的是“执子之手，与子偕老”，每一天都恩恩爱爱，柔情绵绵。

面对众人的羡慕和赞叹，已是耄耋之年的两位老人，满脸幸福地说出了一句令众人感喟不已的爱情箴言——只要爱在，此生就都是有情天。

是的，不管岁月如何荏苒，无论世事如何艰难，只要我们的心底始终有爱的花朵在绽放，此生的每一寸光阴，便都会因为爱意的浸润，变得有情有意，变得色彩斑斓。那扑面而来的，就多是蓬蓬勃勃的欢喜，多是令人陶醉的芳香，多是说不尽、道不完的美丽……

请你读懂一朵花

有一次，去草原参加某杂志社举办的笔会。文友们都很年轻，一进草原，便都欢呼雀跃着骑马去了。那天，我身体不大舒服，便找了一块石头坐下来，看着众人纵马远行。

忽然，我看到不远处的草地上，蹲着一个红衣女子，正全神贯注地看着什么。我慢慢走过去，在她身后站了好几分钟了，她都没有注意到我。

我问写得一手锦绣文章的她："是什么东西，让你这么痴迷？"

她一愣，轻声告诉我："是一朵小花，蓝色的，不知它的名字。"

"就为一朵无名的小花，你蹲在这里这么长时间？"我有些惊讶。

"是啊，我好像读懂了它的心事。"她语气里透着一缕欢欣。

"读懂了一朵花的心事？"我不禁敬佩她的敏感和睿智。

"是的，我在看着它，它也在看我，我懂得它的心事，相信它也懂我的心事。"她一语平淡里，透着坚定的自信。

蓝天白云下的大草原，辽阔无际，那么多的风景，引人入胜。她却偏偏迷恋上了一朵毫不起眼的小花，就像童话里的一个公主，莫名其妙地恋上了那个似乎一无所有的穷小子。

“你怎么会痴迷于一朵无用的小花？”我还是有些困惑。

“谁说这朵小花无用？和它温柔地对视，我感受到了大地的恩宠，看到了生命的孤独、坚韧和顽强，联想到了许多人的经历，获得了许多平素没有的感悟……”她立刻反驳我。

“原来，这一朵不起眼的小花，还有这么大的用处。”我从她的话中，也突然得到了某些新奇的感悟。

从此，每当我感觉孤独和落寞的时候，我总会想起那个聚精会神地赏花的作者，想起她的赠言：“请你读懂一朵花！”

这时，我的胸中立刻似有清风徐徐，似有花香缕缕。原来，世间许多似乎与自己不相关的事物，其实都与自己有着密切的关联。俯下身来，细细打量，慢慢品味，就会发现彼此竟可以心有灵犀，可以脉脉含情，还可以侃侃而谈。

一位种了五十年庄稼的老农，曾饱含深情地告诉我：“其实，每一颗种子都讲义气，每一株庄稼都重感情。”所以，深秋时节，他喜欢一个人坐在收割后的田埂上，默默地望着开始休憩的土地，任绵绵的思绪，顺着那些放倒的秸秆，恣意地向四处漫溢，直到很远很远。

我认为这位老农是一位十分优秀的诗人，因为他心细如丝，善于静观默察，懂得土地的心思，明白庄稼的感情。我相信他的心柔软而温暖，相信他的劳作一定是欢愉的，他的收获也一定是丰盈的。

那天，在课堂上为学生朗读李琦的诗歌《大雪洁白》，当读到“大雪洁白 / 洁白得让人心生难过 / 这雪花一朵紧跟一朵 / 就像冬天张口说话了 / 一句一句 / 轻到最轻 / 竟然是重”，教室内静寂无声，仿佛一朵朵洁白的雪花，正在眼前飘舞着。那一刻，我的眼睛是湿润的，我看到许多同学的眸子里，也闪动着晶莹的光亮。

是的，我们跟着诗人李琦一同读懂了那些人世间最柔美的花朵，知道了那些轻盈飘落的花朵，有着怎样神奇无比的力量，叫人不由自主地心生敬意。

沉浸在一片静美里

夏日的午后，走过街角那个修鞋的小摊，我没有看到一个顾客，只看见那位年近七旬的老人，正倚靠在一把竹椅上，微眯着眼睛，轻轻摇晃着头，伴着收音机里面播放的京剧，很惬意地哼唱着，一板一眼地，仿佛一个超级的京剧票友。

一曲唱罢，老人拿起那个装了茶水的大罐头瓶子，美美地喝了一大口茶，舒坦地长舒了一口气，又调了一个波段，津津有味地听起了现代评书，一会儿的工夫，便让自己陶醉于那书中的世界，全然没在意全天还没有一个顾客光临他的修鞋摊。

悠然的老人，真让人羡慕。走出很远了，我仍情不自禁地回转头来，朝老人那边望去。我知道，他退休后便摆了这个鞋摊，生意不好不坏。他就住在对面的小区里，他有一个智障的儿子，四十多岁了，还要靠他赚钱养活。可是，我从没见过他愁眉不展，倒是常见他乐呵呵的，有顾客光临如此，一个人也如此。

回到一楼的家中，我站到窗前，看到住顶楼的小黄老师，穿一件干净的短袖衫，正在小区的院子里，满脸慈爱地看着五岁的女儿，将他准备装修房子用的那堆沙子，用一个红色塑料小桶，一桶一桶地运到花坛边，饶有兴致地堆沙堡。女儿的脸红扑扑的，有亮晶晶的汗珠滚落，她胖乎乎的小手上去一抹，细细的沙子，便金粉一样粘在了脸上。他看见了，笑得更灿烂了，他似乎想起了自己的童年，也凑到女儿跟前，与女儿一道玩起了沙子，就像当年与小朋友们在一起玩泥巴那样，脸上也粘上了沙子，父女俩相视而笑。

沙堡堆好了，女儿只欣赏了一小会儿，便推倒了，又在小黄的指导下，开始信心十足地堆房子。她手中挥舞着一把小铲，像一个聪明而勤快的建筑师，在忙忙碌碌中，享受着满怀的快乐。

一只翩翩的蝴蝶，忽然从身边飞过，将女儿的目光吸引过去。她追逐着蝴蝶，两条高高翘起的小辫，可爱地摇摆着。蝴蝶飞走了，她又对花坛里那些花朵产生了兴趣。小黄走过去，指点着那些花朵，一一地向女儿报着花名：芍药、月季、打碗花、鸡冠花、扫帚梅……女儿崇拜地问父亲怎么认识那么多花啊？小黄笑着告诉她，都是自己在书上认识的，要想认识更多的花，就要好好读书。女儿似有所悟地说，我长大了也要读好多好多的书，也认识好多好多的花。小黄赞许地说，好孩子，我相信你将来一定会好好读书，会做一个热爱生活的人。

什么才算是热爱生活的人呢？女儿仰起笑脸，眼睛里盈满了天真。

热爱生活的人啊，就像你现在这样，对很多事情好奇，做事情投入，快快乐乐的，没有烦恼，也没有忧愁。

那就是一个幸福的人啊！女儿的嘴里突然蹦出这么有意

味的一句。

对，对，就是做一个幸福的人。小黄赞赏地抚摸着女儿的头。明亮的阳光里，似乎也渗入了淡淡的花香。

望着阳光里的小黄老师和女儿那副旁若无人的投入，我的心里暖暖的，还有一缕缕的疼痛。我知道，小黄老师得了肝癌，医生说他的生命最多还能维持半年。可是，我从没有见到他悲伤过，更没听到他抱怨过。他跟我说过，他只想让自己沉浸于幸福中，多留一些美好的记忆给妻子和女儿。

修鞋的老人和小黄老师，是我身边熟悉的两个人，也是令我十分敬佩的两个人。他们或是被生活的困顿缠绕，或是被宣告生命将提前谢幕，但他们没有愁容，没有抱怨，他们仍微笑着沉浸在一曲唱段和一节评书里，微笑着沉浸在一堆细沙和一朵小花里，那该是怎样的一种气度啊？唯有懂得从沧桑岁月中读出诗意的生命，才能如此满怀爱意地，以如花的笑靥，坦然地迎接人生的不幸。

请忧伤和哀愁走远，沉浸在一片静美里，我听到了花开的声音，看到了美好在绽开，一束一束地。

段奇清

男，湖北仙桃人，湖北省作家协会会员。笔名清翔、清心可也、大可、梅若雪等。《读者》《意林》《特别关注》《青年文摘》《格言》《经典》签约作家，知名美文作家。已在省级以上刊物发表作品千余万字，作品多次获奖，有文章被选为中考、高考语文阅读试题。已出版散文集《积聚你心中的正能量》等。以敏锐的思维触角和直透人心的文字，为美丽和不太美丽的灵魂提供栖息修养之所。

用定格的年华充实生命的内涵

我从来就喜欢“定格”这个词，她会让你感受到一种青铜般的光辉，她会给人一种叮当作响的质感。

定格你的欢乐，定格你的苦闷，定格你的怒吼，定格你的哀惋……定格是一种直露，定格是一种壮美。定格是横空出世，定格是刻骨铭心。定格是人生原野上的一座山峦，定格是生命旅途中的一块碑石。人生有了定格才有了回味，生命有了定格心灵才有震撼。

可能你喜欢行走，一座又一座城市往往会成为你之记忆深处一幅幅鲜明的影像，也许你会认为，这城市就是你之人生中的定格。尽管它干松爽利，呈现着井然的闳丽，但它并非我所说的定格。

或许你之行走向往的只是城市之外的山山水水，于是你会认为，这山水就是你之生命中的定格。尽管它潮湿滋润，让神往一瞬间就恢复弹性，但这种休闲的游览观光过程中的山水，也并非真正意义上的定格。

真正的定格是一种开拓性的活动，她是以你之手对你之创造性的行为按下你之生命的摄像机的快门。

具有思考性探索性的阅读当是一种人生岁月的定格。

或晨曦下，或暮霭中；或于江畔的柳下，或于湖边的亭间。一帙华卷在握，一盏香茗于侧。那“芳草鲜美，落英缤纷”的人间仙境，那“大江东去，浪淘尽，千古风流人物”的豁达壮观，英雄豪迈，便随着氤氲缭绕的香气，定格在无尽的烟波浩渺之中。

读书是在你迷惘时，给你指点方向的指南针式的定格；读书是在你困惑时，给你光明的灯塔式的定格； 读书是在你孤独时，给你教益给你温暖的良师益友式的定格……

著书立说更是人生年华的一种定格。

于院落中的一隅，安放一张写字台。在沉郁葱茏的香樟树的掩映之下，每一步青砖都会踩疼一个故事，每一片树叶皆会染绿一段文字。或许，你的故事与文字如你曾看过的胭脂井，似你所走过的石头墙。在一段时日过后，那清澈的井水中已再不辨脂粉的嫣红； 那石头墙根下展露出的只是一截不太长的枯萎陆离的苔藓，而那浪涛拍打的动静早已平息……但这些已经足够了，因为你之一些有关人生的思索，你之一段回环百结的心路历程，在你之笔下已曾得到过停驻。

“彩笔十年留翰墨，银河一夜卧阑干”是一种定格，“读书读到山月出，听松听罢天落星”是一种定格，“路漫漫其修远兮，吾将上下而求索”“行迈靡靡，中心摇摇”也是一种定格——读万卷书当然还得行万里路，原来这样的定格与你之各种定格实是一脉相承。

没有了那冲刷着流光、哗啦啦从一条刀劈斧凿般开出的山溪中涤荡而过的流水，却在缄默地酝酿着从未融化过冰雪之雪山的山头，谛听若即若离地飘零出的几个音符的古乐中，等待着那雨雪之魂魄的云儿的升起……不错，这便是一种“行到水穷处，坐看云起时”的美丽意境的定格。

定格是一种生命的憧憬，定格是一种人生的追求。为了人生存在定格，你才会去做一个脚踏实地，一步一个脚印的行者。你之人生才不会是浮光掠影，你之生命才不会是薄薄浅浅地雨过地皮湿……

定格需要努力，它当然不乏是一种机缘。一个人和某种定格之间强烈的默契或者惊心动魄的反差，往往可以映衬与刻画出生命中的某种潜质。没有这样的机缘，这种潜质也许很难成为一种坐标式的定格。

人生是从一种定格穿行到另一种定格，当你走过一个定格又一个定格之后，你会蓦然发现，不是我们穿越了定格，而是定格穿过了我们的生命。

有了一帧帧定格的年华，我们的人生便有了丰厚的内涵，我们的生命便有了一种恒久的风景……

修心如何

人生在世，重在修为。

古人云："吾日三省吾身""国之本在家，家之本在身""愿尔顾修名，慎勿污青史"。无论是"修名"还是"修身"，凡此种种修为，无不皆是修心。

修心如何，修心是"戒"，是"养"。

因此有戒贪杯、戒好色、戒贪财、戒使气等种种说法。而"酒、色、财、气"中，最重要的却是"气"，一气之下，理智丧失了，失足了，便成千古恨。故而，凡修为归根到底就是“养气”。历史上，孟子、苏辙称得上是善于修为的人，他们的诀窍就是“养气”。苏辙说：“辙生而好文，思之至深。以为文者，气之所形。然文不可以学而能，气可以养而至。孟子曰：‘吾善养吾浩然之气。’”苏辙是说，他生性就喜好写文章，对此想得特别深。他认为文章是“气”的外在体现，然而文章不是单靠学习就能写好的，“气”却可以通过培养而得到……此是在说作文，其实是在说修身。

从某种意义说，大凡一个人的气量决定其身心。

所以明代陈继儒说：“修身如何，自然之气；修心如何，浑然之气。修性如何，浩然之气；修持如何，淡然之气。修量如何，泰然之气；修事如何，悟然之气。君子之心常泰，小人之心常劳。”

修身如何，自然之气。由于自然之气能让人严谨端庄，因此他又说：身要严重。修心如何，浑然之气。浑然之气让人率性磊落，故他又说：心要光明。泰然之气让人处变不惊，故他又说：量要阔大。悟然之气让人明智彻悟，故他又说：事要妥当。他还说：意要闲定，色要温雅，语要简练，志要果毅，机要缜密，而最重要的是：气要和平。

故而又有古人说：“处身要使端，养气要使完。”完者，备也。备者，便可心平气和也。

修心如何，让心浩广，能包含宇宙，能容纳天下。

所以当代作家李碧华说：

看——

火那么壮大，水却熄灭它。水那么壮大，土却掩埋它。土那么壮大，风却吹散它。风那么壮大，山却阻挡它。山那么壮大，人却铲移它。人那么壮大，权位、生死、爱恨、名利……却动摇它。权位、生死、爱恨、名利……那么壮大，时间却消磨它。

——时间最壮大吗？不，是“心”。

当心空无一物，它便无边无涯。

佛家说，“身似菩提树，心如明镜台，时时常拂拭，莫使染尘埃。”又说，“菩提本无树，明镜亦非台，本来无一物，何处惹尘埃。”权位、生死、爱恨、名利，与你纠缠不清，还有那嘲笑、流言、嫉妒、污蔑种种，总会如影随形。何以会这样，是因你的心并非“明镜台”，唯有让心空无一物，对所有这些，不去管，由它去，内心才浩广，才淡定，才能包纳涵盖一切。

权位、生死、爱恨、名利……往往是在你低头时才看见的，它就宛然你身下的阴影。眼睛要是只盯着身下的阴影，脑子一定跟着昏暗，心灵也随之晦涩。外在的东西，足可以使人忘却自我。而一个人一旦不知有自我，不愿成为自我，不能成为自我，本身就被那“庞大”的外在之物所投下的阴影吞噬了。抬起头，“高大”的自己见到的才是温暖的阳光。抬起头，离开阴影，就是修心。脑子清澈了，心灵明亮了，你的生活便充满质感的光辉。

修心如何，清代诗人黄之云有言：“眼不高，不能越从；气不充，不能作势；胆不大，不能驰骋；心不死，不能入木。”修心不仅让人在人世享受温暖明媚的阳光，而且还要以安然的心态走完人的一生，死去后我们的灵魂也不至于被黑暗晦涩所吞没……

舒缓的通道

不加节制的恣意的后面跟着的是妄为，恣意妄为后面跟着的是身体与精神的双重压力。不错，人生是要舒缓的。

记得我九岁那年刚学书法时，从“一”字写起，急急地落笔，急急地向右划去，急急地收笔。那“一”字，看起来要多别扭就有多别扭，要多生硬就有多生硬。先生找来了一根扁担，一根棍子，让我从学校后面的河里用扁担和棍子再加两只小水桶各担一些水来。

结果，那棍子硬邦邦的，人不知道有多累，肩膀几乎磨破了，水桶中的水也洒去了大半。当我再用扁担去担时，柔韧的扁担随着人的步履跌宕起伏，人就像在软软的沙滩上漫步一样，倍感轻松，水桶里的水没洒一滴。

我再去写“一”字时，就不再把它写成一根硬硬的棍子了，而是按照先生的要求，先把笔锋按一下，往右划去又往左回过锋来。结果是如柔波，似蛾眉，给人俏美曼妙的感觉。

写字教会了我们如何做人。行路时不要太赶，一边走，一边闲侃，说点有趣的事，轻松愉快也就靠近来。太紧张的日子，来点舒缓，也算是疏解的通道吧！

人生要有疏解的通道，这样的通道其实我们每个人的心中都有，只是往往被喧嚣浮躁的日子给弄丢了。这样的通道不是湫隘破败、泥泞坎坷、杂草丛生的那种穷乡僻壤的小道，也许这样的通道能让你慵懒，能让你闲散，你却难以有好心情。它也不是从前大城市的里弄，纷纷攘攘，你想悠闲也慢不下脚步。

这样的通道就像江南小城的一条小河，或一条小巷，它隔绝了市廛的红尘，没有灯红酒绿喧闹之地漂浮的酒气以及隔夜的脂粉气。这样的通道可谓曲径通幽，你望着前面，好像无路可走了，可是走了过去，一转弯，或依然是小河清悠，或依然是巷道深深。无论是谁，只要在这样的通道中走一会儿，心头顿如有碧波荡漾，有修竹摇曳，有鱼跃莺飞，有天籁细细，有桃花儿杏花儿娉娉婷婷。你的疲劳也就被清凌凌的河水涤尽了，你紧张纷乱的心弦也就让花儿草儿梳理调整得格外熨帖轻松愉快了。

与其说人在找舒缓之地，毋宁说舒缓之地在找人。你一心要做一个逐臭争利、锱铢必较之人，那么长街闹市就会来邀请你；你铁了心要做一个轻嘴薄舌、争是论非的人，那么茶馆酒楼就会来呼唤你；你是一个毫不动摇喜欢锣鼓钲堂、管弦嗷嘈的人，那么歌台舞榭就会请你去流连；爱宁静淡泊的、清幽恬淡的，一定会有江南小城的河港巷道停泊在你的心灵深处。

有记载说，古代尼罗河两岸的人，他们希望有好多好多的建造，可那需要大量石头，河岸两边就有着花岗岩，那时人们并没有发明炸药。即便有炸药又能怎么样呢？那炸下来的也只是一些零乱的石块与石渣。于是，他们以铁钎加上锤子日夜去切去凿。工匠们夜以继日，累死累活，一个月两个月也凿不下一块像样的石头。

有人想出了一个办法，在整座巨大的石壁上凿出一个个小孔，在小孔里塞上木塞。等距离的小孔，都塞进了木塞。然后在木塞上不断地浇水，奇迹发生了，在膨胀了的木塞的作用下，沿着岩壁的纹理，整块岩石如刀切一样裂开了。整整齐齐、方方正正的石块，沿着尼罗河，在编排的木筏上漂流，运送到河谷两岸去建造住宅，建造教堂，建造金字塔，建造狮身人面像……那些等距离的小孔就是人们舒缓的通道。

是不是可以说，是那舒缓的通道开辟与扩充了伸向人类文明的宽广大道！

融入他人的生活

老尤，我叫他尤伯。儿时农村的物质条件并不富裕，可以说日子过得相当艰难。尤伯家比别人也好不了多少，可尤伯却总是乐呵呵的。后来有一件事让我知道了他“乐天派”的奥秘。

那是一个荒年，腊月的一天，难得队上放了假，队上的男劳动力差不多都来到了离村庄约八里地的鲫鱼湖，大家到鲫鱼湖是来挖莲藕的，因为那是最好的度荒的物什。

那天，尽管天尚早，可一些挖藕的熟手们就像觅食的鸭子一般，呼啦一下子踏着冰霜就下到了湖中，择了一处埋头干了起来。然而尤伯似乎不着急，他笑眯眯地对像我这样的一些还在湖边徘徊的新手说：“挖藕是一个技术含量挺高的活，愿意让我教你们吗？”尤伯是方圆左近有名的挖莲藕的高手，他愿意教大家还有谁不乐意！

不过，尤伯又说了：“我教你们，你们能挖三十斤以上的莲藕，每十斤分给我两斤，三十斤以下我就不要了。其实，只要你们照我所说的做，不是我说大话，我保证你们今天每个人挖的莲藕不下五十斤。”

我知道，一个不知道窍门的人，辛辛苦苦干了一天，连十斤莲藕都挖不了是很平常的事。“那敢情太好了，太好了！”我连忙表示同意。加上其他生产队的，一共有十多人成了他的学生。

尤伯于是不停地东跑西颠地对每一个学员进行指导。就这样，一天下来，我们每个人挖的莲藕均超过了八十斤。我们收拾好工具来到湖岸，这时尽管太阳西斜已失去了先前的温煦，可我们心中仍暖烘烘的。

尤伯这一天更是得到莲藕近两百斤，是其他一些熟手的两倍还多。而且尤伯还结识了这么多的新朋友，在回家的路上，被我们老师前老师后地呼来唤去。受到大家的尊敬，尤伯笑得也就更欢了。

就是打那起我明白了，尤伯人生中多是欢乐的原因，其实就是他总能把自己融入到别人的生活中去。

把自己融入到别人的生活中去，是一种助人更是一种自助，它源于一种善良一颗爱心，源于胸怀的坦荡与大度。

“二月三月春融融，千花万花红灼灼”，能够融入他人是给人温暖给人绚美的一道风景。融入他人有时更是能使得自己有着不凡的建树和成功，“会得乾坤融结意，擎天一柱在南州”，一个总能融入到别人生活中的人，就很有可能成为众望所归令人仰止。

一个花大量的时间思索且只关注自己的人，不说他只是芸芸众生，即便拥有一定权力，占有一定的财富，那种“自命不凡的优越感有朝一日将会丧失”的念头会不时地冒出来。故而苦闷、惆怅、沮丧等一些坏情绪就会压得其喘不过气来。

融入别人的生活，不仅是自己坏情绪的驱除器，一种人际关系的黏合剂，更是让人提升自我境界的一部宝典。

你能够融入别人的生活，不论你是一个努力耕耘为了一家人的生计而忙碌的农民，还是孜孜不倦追求探索人生真理的学者，也无论是“钱途”好或不好的商人，还是仕途顺或不顺的官员，都会觉得生活是一件极有意义与快乐的事。

因为总想融入别人的生活的人他心中总装着别人，而一个不全为着自己活着时常为他人考虑的人，其生命的意义与人生的快乐也就蕴涵在了其中。

清淡的人

“溪态澄明初雨毕，日痕清淡不成霞。”清淡的人最得明静素雅之真传。“淡香皓齿有余味”“此物清高世莫知”。清淡之人疏淡而不贫乏，不事张扬却尤其崇高。

清淡的人不似酒过三巡，态酣意浓，而清淡的人最像茶饮三道，清澈空灵，他洗尽了岁月的浮躁与滞浊，辉映着青山绿水的秀逸与悠远。那是一种静心明性，不必再受尘网羁绊的释然。浓涩人生，流年岁月，一份恬静，一份悠远，一份感悟，尽在三道茶一般的清幽恬淡中。

清淡的人注重的是精神追求。不因名利沉溺，不被琐碎淹没。无论身在何处，总保持着一份清纯的心境、从容的心态、优雅的韵致。清淡的人最能洞明世界原本并不完美这样一种真实。“萧萧哀风逝，淡淡寒波生”，虽说它们不是一种常态，但起码多是一种轮回。于是不再去追求圆满与完好。他会从遗憾中发现，从残缺中欣赏：从凡俗中发现、欣赏雅致；于粗粝中发现、欣赏精美；在黯然中发现、欣赏明媚；在肤浅中发现、欣赏深挚；于琐碎中发现、欣赏幸福……

清淡的人豁达、睿智。他不埋怨自己，他知道与其埋怨自己，毋宁接受自己；他不责怪他人，他懂得与其责怪他人，毋宁请教求助他人。他还明白，与其责怪环境不好，莫如让自己赶快适应环境；与其怪罪别人太过狭隘，莫如让自己的胸襟变得宽广起来；与其埋怨气候太恶劣，莫如让自己变得更强壮一些；与其抱怨事情太难办，莫如让自己赶紧开动脑筋多想想办法。生气不如争气，抱怨不如改变，改变别人不如先改变自己。

清淡的人，最能以诗人的眼光欣赏生活，能以哲人的眼光打量生活，能以佛陀的眼光善待生活。“疏星淡月鱼龙夜，老木清霜鸿雁秋。”在清淡的人的眼中，月下的树，披霜的山，溪旁垂钓的老人，还有那啼鸣的鸟，拂动的风，游走的云……都会是一首诗，一分哲理，一种慈善。“一花一世界，一叶一菩提，一水一心法，一石一禅心”，说的就是清淡的人。

清淡的人最善诗意地生活于世。他“不以物喜，不以己悲”，超然物外。他慧通天地，灵接日月。摒弃的是庸俗、愚昧、粗劣，追求的是健康、文明、精致。他获得的是心灵的自由和生活的愉悦。

清淡的人本身就充满着诗意，本身就是一首诗。“万里关河归梦想，千年王霸等棋枰”，说的是清淡的人明了：当你对人生、对历史感喟时，自己才是自己一剂最好的解药；“伤心桥下春波绿，曾是惊鸿照影来”，这是清淡的人告诉世人，当你对情感、对往事伤怀时，自己才是疗治自己的一服最佳的散丹；“宦情已尽诗情在，世味无余睡味长”，这是说清淡的人是如此富有诗意如此洒脱如此超尘拔俗；“正欲清淡闻客至，偶思小饮报花开”，这宛然就是给清淡之人自己摄下的一帧暖入人心的“标准相”。

清淡的人外表慈祥，内心淡定，没有毕露的锋芒，没有逼人的气势，那是一种内敛一种散发着的淡雅的香味。清淡的人，不为高山崔嵬，不为江河潺湲，他只是为了自己成熟，为了自己的升华与完善。

周国平曾说，世上有些事情可以重复，恋爱可以再谈，配偶可以另择，金钱可以重挣，甚至历史可以重演，唯独生命不能。清淡的人，就是手执着一张人生的单程票，在有限的生命中，不执着那众人仰慕的所谓高度，只是在淡然的心境中，抱着一个朴实沉着的信念，专心把自己的命运田畴整饬得条理井然，使之生机盎然，又不乏那份开阔疏朗之美。

半山腰的幸福

朋友买了一幢房，面积不大，设计也不新潮，而且是在半山腰。我去玩时，走过了好长的一条斜坡路。朋友把我带到前面的阳台上，阳台挺宽敞，放了一张桌子和几把休闲椅。阳台的一角放了几盆花，有的怒放，有的含苞，有的尚只羞涩地打着花骨朵儿。

我一边吃着水果，喝着浓香四溢的茶，一边欣赏着那些花，在初春的灼灼阳光与习习熏风下，惬意极了。

朋友见状对我说："其实我看中的是这阳台以外的景致。"

我看过去，远处是一簇簇院落，再远处有一所学校。

她用手指了指操场上的一群阳光般灿烂的孩子，说："你看他们玩得多高兴啊！每当我看到他们，就想起了我的儿童时代，觉得自己年轻了不少，心中也涌动着一种欢趣。"她说这话时，洋溢在她眼角眉梢间的幸福仿佛一伸手就能掬到。在受到感染之余，我也陷入沉思……

某天，我去旅游。当我爬上半山腰转过一块山石时，见一处突出的平地上围着许多人。就在我准备绕过去时，却响起一阵笛声。时而悠扬，时而欢快，时而低沉，在温熙的春阳中奔腾，跳跃，飘零……我感受到血液的奔涌和灵魂的跃动。我想，这一定是一位英俊倜傥的卖艺人吧？当我挤进人群一看，却不禁吃了一惊！那是一个矮小的中年男人，身边放着一根拐杖，他的一条腿残疾了。他坐在一块石头上，一曲曲吹着。身边没有钱罐之类的东西，原来他并不是一个卖艺人。后来他告诉我，他就住在山脚下，吹笛只是想给游人带去一些欢乐，自己也从中分享到一份快乐。

“既是这样，为何不在家门口吹？”

“这半山腰人多。”他说。

半山腰的人又如何多得过山脚下呢？我有些疑惑。经过一番思索，我忽然明白，他们要的只是一份快乐，一份幸福。幸福、快乐原来只是一个人心灵深处的一种特定愿望和需求的满足，角度不同，追求的幸福快乐自然也不一样。不论是山脚下的快乐还是半山腰的幸福，只有那些被自己接受或者被人认可的，才称得上快乐和幸福。

巴菲特的标准

也许有人会说，作为世界“股神”的巴菲特，他心目中成功的标准一定是创下了多少财富，如我国知名大学的一位教授对他的学生所说，十年后，你们要是不能挣到一千万元，那就没有必要来见我。

其实，你要是这样说，那你就错了。

2003 年，巴菲特的妻子苏珊重病手术后两个星期，七十三岁的巴菲特到佐治亚州理工学院做演讲：“等你们到了我这个年纪，就会明白，衡量你的人生是否成功的真正标准，是看看你希望爱你的人中到底有多少人真的爱你。”

2006年，在巴菲特宣布把自己百分之九十九的个人财富捐献给慈善事业时他说，希望用行动告诉世人，要想心理健康，就一定要明白，最重要的不是金钱，而是爱，“所谓成功，就是得到你想要爱你的人的爱”。

由此我们明白：巴菲特成功的标准，不是财富而是爱。

在以上这段话中，巴菲特告诉人们，要想得到你想要爱你的人的爱，就一定要心理健康，因为只有心理健康的人，才会有正确的是非标准，才能有积极高雅的情趣。而心理健康最根本的就是要做自己喜欢做的事。

只要对巴菲特熟悉的人，都知道他每天总会在一个牌子上记些什么。那可不是记日记，更不是记账目，而是记分数。一天，一个生意上的伙伴为他提供了一个可以赚大钱的机会，下属们无不高兴地向他祝贺。这时，他拿起记分牌记起了分数，没想到他记的却是负分。下属们很不明白：“这样的事难道不值得高兴？”巴菲特说：“我知道，他给我的机会，对另一个人却是一种损害。”

原来，巴菲特做了一件事，别人不喜欢，但他自己很喜欢，他会在记分牌上记上一个高分；反之，一件事别人纷纷夸奖，但他自己并不满意，就会记下一个低分，甚至是一个负分。对记分牌上的分数，他每隔几天就会进行一番统计分析，这样也就让他更能趋向于做一些乐意做的事。

说到“记分牌”，不得不说到他的另一种说法：“从巨额消费中，我不会得到什么快乐，享受本身并不是我对财富渴求的根本原因。对我而言，金钱只不过是一种证明，是我所喜爱的游戏的一个记分牌而已。赚得大量财富后，要回报社会。投资是向公众做贡献的一种形式。”

两个“记分牌”，其实说的是一件事：做自己感到快乐的事。

而只有一个心理健康的人，也才更能保障自己的身体健康。

1995 年伯克希尔公司股东大会上，有位股东问巴菲特：“你已是美国最富有的人，你下一个目标是什么？”巴菲特回答：“我的下一个目标是成为美国最长寿的人。”

2010 年 8 月 30 日，巴菲特八十大寿，在接受采访时说：“你只有唯一的一颗心，只有唯一的一个身体，你得用上一辈子。如果你好好对待自己的身心，很容易用上很多年。但如果你不好好照料自己的身心，过了四十岁后，你的身心就会千疮百孔。”

“金钱在某种程度上有时会让你的处境更好一些。但金钱既不能改变别人对你的爱，也不能改变你自己的健康。”这几乎是巴菲特说的最多的一句话。

爱，能通过爱得到；一个人的健康，也能通过别人对你的爱，自己对自己的爱，得到尽可能多的保障。

只需一小碟

前不久，我和朋友去凤凰古城旅游，当所乘的汽车在湘西山区驰行时，我们看到路边有一家叫“一碟盐”的小店，一车人禁不住拍手叫“妙”。尽管那家路边小店其貌不扬，可是这个店名让朋友和我快乐了好几天。

这个店名让我不禁想起了两个故事。

我所居住的房子临街，不远处有一家早点店，以前我很少到这家店里吃早点，因为那店面太一般了。一个偶然的机会，我进了这家小店，想不到店里的生意特别好。老板招呼我坐，让我稍等一等。我环顾四周，发现这家只做咸点的小店靠墙角的一张方桌上放着一碟水果糖。我有些纳闷，一个坐我旁边正在吃早点的老人告诉我，这附近有一个患低血糖病的中年妇女，有一次她在这家店里吃早点时，突然犯病晕倒，差一点送了命。店老板听说糖是低血糖病人的必备食品，从那以后，这家店的老板每天都会在桌上摆上一碟水果糖。

这件事很快就被人传开，于是有人给这家早点店送了一个雅号，叫做“一碟糖”。店里的生意也更加红火了。

还有一个故事是我在书上看到的：在西伯利亚的一些地方，出于对流放者的关怀，有人夜间会在窗台上放一些面包、牛奶或清凉饮料什么的。如果有流放者夜间路过这里，饥寒交迫，又不敢敲门进屋，就可以随手拿碟子里的东西食用，以渡过难关。随着时间的推移，夜间在窗台上放一些食品、饮料竟成了西伯利亚一些地方的风俗。

我们并不知道湘西路边那家叫“一碟盐”的小店店名有什么内涵，但我相信它一定也蕴含着一个温馨感人的故事。

人生并不需要热闹却贫乏的觥筹交错，并不需要丰盛却又冷漠的十二大盘。很多时候，我们只需要一小碟。因为一小碟的细心往往体现了仁爱与善良，我们的心也常常会因这一小碟而细腻，甚至伟大。

只要有真爱与善良，生活的滋味有小小的一碟足矣！

姜钦峰

现居江西南昌，中国作家协会会员，《读者》《青年文摘》《意林》等期刊签约作家。在多家媒体开设专栏，已在国内外数百家报刊发表作品二百余万字。作品收入百余种丛书及中学生课外读本，十几篇文章被编入中学语文试卷，并有作品被拍成电视散文在央视《子午书简》播出。已出版散文集《像烟花那样绽放》《遇见美好》《每一个梦想都值得浇灌》《最美丽的谎言》等，合著若干。

触摸幸福

一对结婚多年的盲人夫妇，很想拍摄一幅婚纱照，但是由于生活拮据，这个愿望一直未能实现。报社记者把夫妇俩的愿望登了出来，希望有好心人伸出援助之手，帮助他们圆梦。小小的豆腐块，挤在不起眼的旮旯里，目光稍作停留，心里就有了浅浅的期待。

三天后的早晨，我坐在餐桌前，习惯性地拿起报纸，一张大幅彩色婚纱照立时映入眼帘，显耀地占据着头版位置。不用问，正是那对盲人夫妇。两人同时伸出双手，轻轻抚摸相框上的自己，嘴角微微翘起，露出两行整齐的牙齿，洁白如玉。一样的动作，一样的表情，夫妇俩开心得像孩子，笑容灿烂，一如窗外明媚的阳光。

不需要太多的文字注释，只有一个醒目的标题："触摸幸福！"

看不见，分明摸得着。闭上眼睛，想象洁白轻盈的婚纱，细细体味从指尖传来的幸福，那会是怎样的欢喜与满足。帮助夫妇俩圆梦的，是本市一家摄影工作室，免费为他们拍摄了一套婚纱照。幸福，不只属于这对盲人夫妇，除了那家摄影室的老板、摄影师、报社记者，肯定还有许许多多像我这样平常的读者。

用心去触摸，细细体味，幸福像花儿一样绽放。我愿意陶醉在这美妙的画面里，让想象驰骋于幸福中。清晨醒来，一格一格的阳光铺满地板，热腾腾的早餐已在桌上摆好，摊开报纸，每天的头版都被幸福满满占据，看不到硝烟弥漫，没有灾难和恐惧，贫穷与饥饿永远消失……翻开报纸，打开网页，满世界都是幸福的笑容，温馨荡漾，多好！

网上看到一个热帖：《十年来，我最珍爱的九个爱情细节》。一位草根网友，在她与老公相识十周年的纪念日，用键盘记录下了最难忘的九个瞬间：

第一次，那个轻轻的拥抱。

那晚，蓝色蝴蝶发卡扎疼了我。

你用臂膀圈着我避开人流。

工作一年，你先给我买了一部手机。

你常唠叨：老婆真好！

……

点点滴滴，再平常不过的生活，点击率却居高不下，引来跟帖无数。最多的还是感动与祝福："我好想哭！""幸福真好！"我愿意收藏幸福，轻轻把它拉进收藏夹，每天打开电脑，看看又有什么新的留言。那天我几乎笑出声来，"请楼主原谅我的抄袭，早上我把它发到了老公的邮箱。"幸福原来也会传染，轻易就被复制了。

如此动人的细节，为什么只有九个？应该是天长地久吧。

幸福真好！好友陈志宏写了一本书《幸福就在抬头间》，每次我从书架上找书，往往一抬头，不经意间就看到这本书，仿佛书也在看着我，忽然感动莫名。这满满的一架书，也是我的幸福啊。

想起一个温馨的寓言。一个冬日的午后，小猫咪和妈妈在院子里晒太阳。小猫咪好奇地问妈妈：“人们说的幸福到底是什么呢？”妈妈说：“孩子，幸福就是你的尾巴啊。”小猫咪听了，马上兴高采烈地转动身子，想要捉住自己的尾巴，却怎么也做不到。小猫咪满脸沮丧道：“妈妈，我怎么捉不住幸福呢？”妈妈笑了：“傻孩子，只要你一直往前走，幸福自然就跟着你了！”

幸福从未走开，只是常常被我们忽略了。

丛林历险

朋友去尼泊尔旅游，回来谈起旅途见闻，脸上满是兴奋。尼泊尔太好玩了，尤其是丛林探险，紧张刺激，让人终生难忘。只一句话，便吊足了我的胃口。

他从西藏进入尼泊尔境内，先到首都加德满都，第二站到了奇旺。在著名的奇旺国家森林公园，参加两日游，每人只需花两千卢比，折合人民币不到三百元，包括乘坐独木舟、丛林探险、骑大象、晚会表演等项目。

坐着独木舟顺流而下，上岸就是神秘的原始森林，探险之旅随即拉开。出发之前，导游首先郑重其事地讲解安全规则，此地常有野兽出没，有孟加拉虎、野猪、豹子等等，就连犀牛也可能袭击人，万一遇到野兽，大家千万不能大喊大叫，或者随意乱跑，一定要听我指挥。说到这，他摘下头上的帽子，拿在手上，然后又接着说，如果有危险，你们就看我扔帽子的方向：帽子往左边扔，大家就往右边跑；帽子往前面扔，大家就往后面跑；帽子往天上扔，大家就赶快上树。

导游是当地的中年汉子，高高的个子，黑且瘦，浑身上下透出精干和稳重，让人看着放心。担心众人没听清楚，他又不厌其烦地反复叮嘱、演示，直到每个人都烂熟于胸，这才正式出发。看到这种架势，朋友的两腿已经有点发软，心里直打鼓。他是个胖子，上学时体育从没及过格，心想，千万别在这里喂了野兽，转念又安慰自已，哪有这么恐怖，说不定是导游故意吓唬人。

哪知怕什么就来什么，刚走出不到二里地，前面丛林茂密处，突然传出一声怪叫。导游顿时脸色大变，摘下帽子往天上一抛，也不管别人死活，自己先上了树。后面的游人一看，情知大事不妙，噌噌几下全都上了树。朋友拼了老命，才爬上一棵矮树，死死地抱住树干，满头大汗，吓得连大气都不敢出。过了半天没见动静，导游在树上小心地观察四周，确认安全后才下来，众人也跟着下树，继续前进。

经过刚才这一上一下，朋友几乎灵魂出窍，心中叫苦不迭。可是已到了半路上，想回去也没办法了，他只好胆战心惊地往前走，全身高度戒备，就连后背都长着两只眼睛。一路上，只要稍有风吹草动，导游就赶紧扔帽子、上树。游人们哪敢大意，也跟着上了十几次树，为了保命，个个都被训练成了身手敏捷的猴子。总算有惊无险，两个小时后，终于走出了恐怖地带，这时朋友已经浑身湿透。

时过境迁，他回忆这段凶险的经历时，脸上完全不见了当时的恐惧，反而露出满足与兴奋之色。显然，他对这次旅行很满意，感觉回味无穷，不虚此行。

我问，既然有那么危险，导游带了必要的防身工具吗，比如麻醉枪之类的？他摇头，导游跟我们一样，也是赤手空拳。你是否听说过，当地曾发生过野兽袭击游人事件？他又摇头，确实没听过。那你到底见过野兽没有？还是摇头，除了一头吃草的水牛，什么也没见到。我终于忍不住，扑哧笑出声来。

他满脸疑惑地看着我，忽然猛地一拍脑门，哎呀！上当了，丛林里哪有什么野兽，根本就是无中生有，那个导游虚张声势，没事拿我们开心。恍然大悟之后，他又愤愤地说，想不到处处都是旅游陷阱，防不胜防啊，那个导游真不厚道！

这回轮到我摇头。我说，你得感谢那个导游才对，假如他不拿野兽来吓唬你们，而是老老实实地告诉大家，这里很安全，根本没有危险，你还会觉得旅途精彩吗？

对啊，如果是这样，那就太没意思了，他又重重地拍了一下脑门，终于开窍。

或许，这就是人性吧。人在旅途，假如太过平坦顺利，你反而会觉得索然无味，此生虚度。除非你不断挑战自己，跨越障碍，正如流水，有了波折才会激起美丽的浪花。至于结局如何，倒不是最重要的，最起码，你享受了那个精彩的过程。

上帝糊涂

百岁老人周有光时常戏言："上帝糊涂，把我忘了。"谈笑间，透出几分孩童般的调皮，更有参透生死之后的淡定从容。20世纪50年代，周有光主持制定了汉语拼音方案，由此被誉为"汉语拼音之父"。不可思议的是，这位语言学大师竟是半路出家，前半生都在从事经济工作，直到五十岁才正式改行。在此之前，语言学只是他的业余爱好。

周有光早年在大学学习经济学，毕业后在银行任职。1947年，他被派到美国工作时，有幸见到了爱因斯坦。交谈之中，爱因斯坦说道："一个人到六十岁为止，工作时间只有十三年，除去吃饭睡觉，业余时间仍有十七年，能不能成功，就看你如何利用业余时间。"这句话对周有光触动极大，影响了他一生。

新中国成立后，周有光怀着满腔热情投奔祖国，在复旦大学任经济学教授，并身兼数职。无论工作多么繁忙，他都挤出业余时间，潜心研究语言学，终有大成。功成名就，著作等身，退休后的周有光并未赋闲，依然热切关注着世界，勤奋写作。在百岁高龄时，他又出版了新书《百岁新稿》，自序中写道："希望这不是自己的最后一本书。"生命不止，奋斗不息，这是周老的百年人生写照。

倪匡与金庸、黄霑、蔡澜并称香港四大才子。有一天，倪匡刚好身上没钱，便问身边的黄霑借钱，“黄霑，哪天我死了，你肯定会送给我一个大花圈，至少要花四百块钱，要不今天先预支给我吧？”黄霑二话没说，给了他四百块钱。没过几天，黄霑忽然转过弯来，马上问倪匡要钱，“不对啊，如果我死了，你不也得给我送个大花圈吗？”倪匡只好老实还钱，互相扯平，两个老头抚掌大笑。

谈到老友黄霑的故去，年逾古稀的倪匡略有伤感，却依然不失老顽童的本性，“人总是要死的，如果我们为必然发生的事情而伤感，不是很傻吗？”在别人的葬礼上，他也曾说过类似的话，好几次被人用扫把赶出来。迄今为止，倪匡是世界上写汉字最多的作家，但他戏称自己厨艺第一、园艺第二、文艺勉强列第三。唯独一件事，他却毫不谦虚，“我一生中写得最好的文字，就是给古龙写的讣闻，看过的人没有不叫好的，弄得好多人都要我将来给他们写讣闻。”说着，自己先大笑起来。

死亡，无疑是个沉重的话题。笑谈生死，是一种超脱的人生境界，不仅需要足够的勇气，恐怕更需要充足的底气。周有光和倪匡在有生之年，都攒下了足够的资本，所以才敢拿上帝开玩笑，此生没有虚度，你奈我何？就像一部电影，当你把最精彩的故事奉献给观众之后，还会为影片的结束而忧伤吗？

生命的意义，不在于时间长短，而在于我们如何度过。出生与死亡都是不治之症，这是人本身无法掌控的，但我们可以把握二者之间的生命过程。很喜欢李敖的话：“上帝管两头，我管中间。”大路朝天，各走一边，我的地盘我做主，大气从容，调侃中尽显人生豪迈。

每个人都会死，但并非每个人都真正活过，上帝其实不糊涂。

恕难从命

艾伦·罗斯顿独自前往峡谷探险，当他在狭窄的岩缝中攀登时，不慎碰到一块松动的巨石，失足坠落。那块巨石同时滚落下来，不偏不倚，刚好砸中他的右手小臂。他被巨石和岩壁牢牢夹住，无法动弹。他用尽全身力气，试图挪动巨石，但是无济于事。这是一片广袤的无人区，出发之前，艾伦没有带手机，也没有告诉任何人要去哪里，即使家人发现他失踪，也不可能找到这里。他大声呼救、咆哮、愤怒，精疲力竭，终于绝望。他拿出随身携带的摄像机录下遗言，并拍下了被困的过程。

艾伦 1975 年出生于美国科罗拉多州。从十二岁起，他就迷上了户外运动，登山、攀岩、滑雪、漂流，样样精通。大学毕业后，他进入著名的英特尔公司工作，成为一名机械工程师。即使是这份让许多人羡慕的工作，依然比不上大自然对他的吸引力。2002 年冬天，艾伦向公司请假三周，想去登山，未得到批准，毅然辞职。从此，他靠给登山器材店打工，继续从事户外运动。他的理想，是登上科罗拉多州全部五十五座海拔四千二百米以上的山峰。出事之前，他已经征服了四十九座。

2003 年 4 月 26 日，这是个天气晴朗的星期六，艾伦独自开车前往犹他州的蓝约翰峡谷，车上带着一辆山地自行车，和一些必要的登山装备。对于身经百战的艾伦，蓝约翰峡谷毫无挑战，此行的目的，是为以后的登山做热身准备。他做梦也没想到，一块滚落的巨石，会把自己牢牢钉在岩缝深处。经历了短暂的狂躁之后，艾伦不得不接受眼前这个可怕的现实，努力迫使自己冷静下来。摆在眼前的只有两条路：要么静静地等死，要么奋起自救。

他打开肩上的登山包，里面有摄像机、照相机、手电筒、急救包、登山绳、一把折叠小刀以及一天的干粮和饮用水。他拿出小刀，想把巨石一点一点削掉，但是石头质地坚硬，毫发无损。被困二十四小时后，他想到了断臂自救，但是这个大胆的想法刚冒出来，立刻就放弃了。在他携带的所有装备中，理论上可以用来切断手臂的工具，只有那把八厘米长的折叠小刀。要命的是，这把小刀并不锋利，那是母亲买给他的一个十五美元电筒的赠品。他拿起小刀在右臂上试了试，连割破皮肤都很困难。没有麻醉药，缺乏必要的医疗设备，如果冒险切臂，他可能会因为剧痛当场昏迷，或者失血过多而死。客观条件还在其次，即使让你住进全世界条件最好的手术室，给你最锋利的手术刀，谁有那份勇气？

无计可施，只有等待。艾伦尽量保持体力，期待奇迹出现。时间缓缓流逝，日出日落，在漫长的煎熬中，他度过了五天五夜。除了偶尔看见一只飞鸟从头顶掠过，奇迹并未出现。食品和水已消耗殆尽，他只能靠喝尿维持生命，身体变得极度虚弱。所有幻想都已破灭，除了面对现实，别无出路。强烈的求生念头，让他再次拿起了那把小刀。

下定决心的瞬间，他的心脏狂跳不止，头脑却格外冷静。那把钝刀根本不可能切断坚硬的骨头，他用左手按住右手小臂，强行往下压，直到“啪”的一声，骨头折断。紧接着，他用绳子扎紧血管，再用小刀割开皮肤和肌肉，切断大动脉，最后挑断神经。血肉横飞，天旋地转，撕心裂肺的剧痛，排山倒海般袭来，他几次差点昏迷过去。在没有任何麻醉的情况下，他凭着钢铁般的意志，自断右臂，重获自由。他迅速包扎伤口，扶着断臂，跌跌撞撞走出八千米后，遇到了一对探险的荷兰夫妇，成功获救。从被困到逃生，整个过程持续了一百二十七小时，悄无声息，却惊天动地。

这不是一个奇迹，艾伦显然也不是超人。在他被困的五天五夜中，同样经历了极度恐惧和胆怯，内心时刻都在彷徨挣扎，几乎放弃。“我的一生都在朝它走来，从我出生的那一刻起，我的每次呼吸，所做的每件事，都在引领我来到这个鬼地方！”绝望笼罩，无处可逃。他越来越相信，这不是一次意外，而是命中注定。那块巨石自从在宇宙间诞生，静静地守候了亿万年，就是为了等待他的到来。

劫后余生的艾伦，名声大振。康复之后，他开始四处演讲，出版自传，用亲身经历去激励那些困境中的人。艾伦失去了右臂，按说应该从此告别大自然，专心著书演讲。出人意料的是，仅仅在康复十个月之后，他在断臂处安上辅助手臂，又开始攀登新的高峰。2005 年，他终于梦想成真，登上了科罗拉多州所有海拔四千二百米以上的高峰。

人总是很难直视内心的怯懦，一旦陷入绝望，往往会产生强烈的宿命感。《非诚勿扰 2》中，香山指着脚上的黑色素瘤，告诉秦奋：“这不是病，这是命！我的命找我来了，只能从命。”他选择了放弃，纵身跃入大海。把所有不幸都归结于命运，无疑是最体面的借口。但是最终，艾伦以匪夷所思的壮烈方式，大声告诉命运：恕难从命！你不去尝试，永远不知道自己有多么强悍。

希望无限

20世纪60年代，一架运输飞机从美国起飞，前往某地切断废弃的石油管道。机上除了飞行员唐斯，还载着八名石油公司的员工，和一个临时搭机的男子艾利特。飞机经过蒙古上空时，不幸遭遇沙尘暴袭击，经过一番惊心动魄的殊死搏斗，飞机幸运地成功迫降。正当机上十人为劫后余生而欢呼鼓舞时，却发现身处大漠深处，生机渺茫。飞机严重受损，无法重新起飞；无线电通讯设备全部损坏，与外界联系中断；指南针受磁场影响失效，没有足够的粮食和水，想徒步走出沙漠绝无可能。

茫茫戈壁一望无垠，烈日当空，炙烤着幸存者的每一根神经，死亡的气息扑面而来。为了不同的逃生方案，八名石油工人发生了激烈争吵，谁也说服不了谁，最终得出一个结论：只能坐以待毙！人在绝望的处境下，求生的本能暴露无遗，许多人开始暗中盘算飞机上所剩不多的干粮和饮用水，后来竟发展到拳脚相向，公然抢夺。飞行员唐斯鸣枪警告也无济于事，天灾还未降临，眼看人祸就要先期暴发。

危急关头，那个临时搭乘飞机的艾利特站了出来，高声喊道："大家不用惊慌！我是飞机设计师，飞机上的工具并没有损坏，只要大家齐心协力，听我指挥，我可以修好飞机！”好比一针强心剂，人们立即停止了争斗，似乎已经看见了生命的绿洲，无不欢呼雀跃。在艾利特的指挥下，他们一个个精神焕发，纷纷忙碌起来，有的负责拆卸飞机部件，有的负责焊接，有人甚至一边干活一边吹着欢快的口哨。为了躲避烈日，他们就白天休息，晚上干活；粮食和水最多只能支持十天，为了节省，他们又自觉地两顿并一餐。一切都井然有序，俨然一支纪律严明的部队，飞机的修复工作在有条不紊地进行着。

他们在缺水少粮的情况下，团结一心，克服了重重困难。十几天后，奇迹出现了——飞机并没有修好，一队商人的驼队凑巧从此经过，搭救了他们。

十名幸存者跟着商队继续穿越沙漠，几天后，唐斯偶然看到艾利特的私人物品，无意中发现了一个天大的秘密。原来，艾利特根本不是什么飞机设计师，而是飞机模型设计师！他能修好飞机简直是神话！唐斯愤怒不已，把艾利特拉到一旁，用手枪指着他的头，愤怒地质问：“骗子！大家身陷绝境的时候，你竟然忍心欺骗我们，害得我们白白忙碌了十几天？”没想到艾利特却异常冷静：“不错，我是骗子。可是如果我当时不撒谎，大家能活到现在吗？”

唐斯顿时愣住了。他若有所悟，慢慢放下了手枪，再没有揭穿这个弥天大谎。

勇 气

她十九岁时，怀揣着斑斓的梦想，远离家乡，进城打工。刚下火车，她就遇到两个“热心”的女人，说能帮她介绍工作。她正愁没地方可去，没想到出门就遇到贵人，满心欢喜跟着她们去了。两个女人把她领到了一个偏僻的果园里，然后把她交给了三个陌生男人。

走到没人的地方，那三个男人忽然变脸，拿出刀子，抵着她的脖子，凶相毕露问她：“现在给你两条路选择，想死还是想活？”她一辈子没见过这种场面，吓得手脚冰凉，完全懵了。冰冷的刀子，凶残的目光，她根本没有选择的余地，唯有听天由命，任人宰割。那伙人都是人贩子！她被关进一间破旧的小屋，不见天日，等待买主。

几天后，终于等来买主上门，是个农村老汉，来为儿子买媳妇。按规矩，首先“看货”，老汉把她上下打量一番，还算满意。人贩子开价两千七百元，老汉开始讨价还价，最后摊牌说，自己身上只带了两千六百元，要么成交，要么走人。人贩子却不吃这一套，少一分也不行！她就在一旁，像一头待卖的牲口，眼睁睁地看着他们讨价还价。正在双方僵持不下时，她忽然扑通跪下，紧紧抱住老汉的腿，声泪俱下，苦苦哀求：“大伯，求求您买下我，我身上还有五十块钱，都给您！”她急于逃出魔窟，就算死，也宁愿死在外面。

老汉本想再压点价，根本没料到，会突然生变，当下心就软了，只好叹息一声，付了钱，把她领走。

她跟着老汉来到一个偏僻的小山村，在严密的监视下，被迫“嫁”给了他家的三儿子。几天后，她才知道，大嫂和二嫂也是买来的。小山村交通闭塞，土地贫瘠，那不是一般的穷，几十年来，都没有一个姑娘愿意嫁进去。村子里的男人要娶妻生子，延续香火，买媳妇渐渐成了当地习俗，没钱买不起的，只能打一辈子光棍。

为了防止逃跑，她的行动受到限制，有家不能回。同病相怜的二嫂劝她认命，说：“咱们没有希望了，出不去的，就算出去了也是耻辱，永远抬不起头。”生不如死，她不甘心。几个月后，她找准机会，一路狂奔，跑到一条小河边，毫不犹豫地纵身跃下……

她没死，被及时赶来的村民救了起来。在她以死抗争下，一年后，婆家终于同意，由丈夫陪她回一趟娘家。失踪一年的女儿，突然出现在父母面前，全家人悲喜交加，抱头痛哭。她以为从此挣脱了厄运，想留在家里，却万万没有料到，父母竟也劝她认命！人言可畏，在同样贫困闭塞的家乡，一个失了身的女孩根本无法立足。从被拐卖的那一刻起，她的命运，仿佛被一只无形的大手攥住了，早已身不由己。

彻底绝望，她只能屈从命运，黯然回到了丈夫家。她心里有说不出的怨恨，却不知道究竟该怨谁，也许真的是自己命苦。几年间，她生了两个儿女，也曾两次自杀，无奈连阎王爷也不愿收她。没有未来，看不到希望，她那么年轻，心却已死了。

几年后，为了解决孩子们爬几十里山路上学的难题，村里决定设一个小学教学点。而她拥有初中学历，是全村文化最高的人，无疑是代课老师的最佳人选。校长几次找到她，都被她回绝，她心如死灰，早已失去了生活的勇气。后来，有的家长干脆领着孩子上门求她，她渐渐了解了孩子们的现状。

村里的媳妇大多是买来的，有的生活了几年之后，就撇下孩子远走高飞了。失去母亲的孩子没人管，到了年龄没办法上学，家里就买几只羊给他们放。看到这群天真烂漫的孩子，她的心被深深刺痛，如果孩子们没有文化，永远无法改变命运，又将重复他们祖祖辈辈买媳妇的悲剧。自己这辈子虽然完了，但是孩子们是无辜的，不能失去未来，想到这，她不再推辞。

她成了村里唯一的代课老师。当她第一次站上讲台，孩子们兴高采烈，齐声喊“老师好”时，她震撼了，久违的喜悦，在心底荡漾开来，那是一种从未有过的幸福。她更未曾料到，当她努力改变孩子们命运的时候，自己也被这群孩子彻底改变了……

她叫郜艳敏，至今已当了八年代课老师。面对记者采访，她说：“这里曾经是我最伤心的地方，但是我在这里又找回了希望，找回了生命的意义。”天使般的笑容，阳光灿烂。让人难以置信，她一个柔弱女子，究竟是哪来的勇气，可以战胜苦难？

其实也不难看出，一个人，如果能对他人的苦难心怀仁慈，也就有了面对自己苦难的勇气。

矫友田

1973年生于青岛，《读者》《思维与智慧》等期刊签约作家。迄今已出版《抚慰一生的智慧茶》《生命的慰藉》《图说老手艺》《火舞的蝴蝶》等作品近二十部，与人合著、主编图书三十余部。曾获冰心图书奖等。

把握关键十分钟

这个故事，是我听一位长者讲述的。在20世纪60年代初期，他作为一名工程兵参加了开发藏北的工作。

有一次，部队的运输连临时接到一项任务，安排一位驾车技术比较精湛的小战士去接送货物。为了防止意外，连长配发给他一支手枪，还有二十余发子弹。

在返回途中，他驾驶的汽车出了故障，等他将故障排除之后，天色已经暗下来。他凭借经验驾驶汽车继续前行。然而，他不知不觉驾驶着汽车，竟驶进一片开阔的荒原地。当他意识到走错路时，才发现自己迷失了方向。

那名小战士在那片荒原地上辗转了数个小时，也没有找到公路。汽车戛然而止，原来油箱里的油已经用光了，需要下车从备用油桶里抽取。于是，他决定暂时在驾驶室里猫上一夜，待天亮后再加油。

青藏高原的冬夜，寒风刺骨。不长时间，驾驶室内的温气，便被寒气吞噬了。蓦然，他发现远处有几十个像鬼火一样绿莹莹的“小灯笼”朝这里飘过来。那是一群野狼，少说也有二十只。青藏高原的狼凶狠残暴，他早有耳闻。现在竟遇上了狼群，他的心“怦怦”乱跳起来。他立即掏出手枪，压上子弹。

狼群已将汽车包围，它们那凶残贪婪的目光刺穿了夜色。他压抑着内心的恐惧，与狼群对峙着。饥饿的狼群首先发起了攻击，朝驾驶室扑将过来。他麻利地摇下车窗，瞄准狼群射了两枪。只听一声惨嚎，一只狼倒在地上。

枪声将狼群震慑住了，它们稍一犹豫便慌乱地散去。小战士长吁了一口气，他估计受惊的狼群不会再来袭击了。但为了保险，他还是决定摸黑下车加油。只是，刚才又惊又乏，他倚靠在座椅上稍稍喘歇一会儿。十分钟后，他正准备下车的时候，突然发现那一个个鬼魂一样恐怖的“小灯笼”又飘了过来，而且数量比刚才增加了一倍多。

这次，它们径直扑了过来。他又摇下车窗，朝着狼群连射两枪，又有一只狼中弹了。可是整个狼群只退后了很少一点距离，他在车内依稀能听到野狼在哄抢和撕扯“猎物”的声音。饥饿凶暴的野狼，居然毫无顾忌地吞食同类的尸体，他顿感毛骨悚然。他与狼群进行了一次又一次近距离的拉锯战，直到射完最后一发子弹。

狼群再一次扑了上来。这一次，它们好像经过了一番预谋，一些狼从驾驶室两侧跳起，扑打车窗，以吸引小战士的注意力；另一些则钻到车底下，狠命地撕咬车胎。有两个车胎被咬爆了，满载货物的车厢朝一侧严重倾斜过去……

数日后，运输连的战士们在一些当地牧民的帮助下，才找到了这辆失踪的运输车。被困在驾驶室里的小战士已经牺牲了。狼群也早已离开，只有那被狼爪划得面目全非的车体，在向人们默默讲述着，曾经发生过的惊心动魄的一幕。

战士们在驾驶室里发现了一张纸条，是那位小战士在牺牲前留下的：“如果开始我能够把握住那十分钟，足可以给车子加上油……”

只是十分钟的放松，却付出了生命的代价。令人垂泪的同时，是否也带给我们一个深刻的教训。人生有许多转机，就像那位牺牲战士的遭遇一样，稍纵即逝。但如果把握住了，我们就会迎来一片全新的天空！

背负太阳的羊

很多次，我的心被那些顽强不屈的生命给震撼了。

它们生长在雪域高原——西藏，它们的脊背距离太阳是那样近，它们有一个奇怪的名字叫“驮羊”。

它们的身躯是那样弱小，时时刻刻都在迎着刺骨的寒风，奔波在苍茫的高原之上。它们显得异常渺小，甚至会令人感觉，它们的生命弱不禁风。

然而，就是那些弱小的生灵，它们用瘦弱的脊背驮负着二三十斤盐巴，这个重量可等于它们体重的一半多啊！它们一路风餐露宿、长途跋涉，往返上千千米的行程，驮回生命的希望。

千百年来，它们用坚强的脊背，和永不退缩的蹄印，在西藏的高原上，书写下一个又一个不朽的传奇。

驮羊从降生的那一天起，便注定了一生与驮袋相伴。当遥远异乡的庄稼熟透的时候，驮羊便再一次开始踏上它们生命中险恶的征途。商客们赶着羊群来到盐湖边，他们要将那些盐巴驮运到遥远的异乡，然后换回来维持生命的粮食。

一队驮羊少则四五百只，多则数千只。当驮羊们背负着沉重的盐巴，朝着主人指引的方向，毫无畏惧地走下去的时候，又一段被血水浸染的传奇开始了。

饿了，它们就刨开足底下的石砾，嚼食枯草；渴了，它们就舔噬路边的积雪。所有的一切，驮羊们都能够坦然面对，因为它们的生命早已适应在这种恶劣的环境里生存。

在艰难的旅程中，它们最大的对手就是疾病，还有突然袭来的暴风雪或泥石流。即使遭遇到，它们也不会停下前行的步子。它们明白，只要还有一口气，就要向前走下去。即使倒下，也要像路旁的那一架架白骨一样，给后来的伙伴们壮行。

它们的队伍越走越小，它们的身体也越来越羸弱。然而，它们仍会毫不气馁地朝下一个目标走去。

驮袋磨破了它们的肌肤，渗出的盐渍，将它们的肌肤和驮袋融为一体。当它们历尽千辛万苦到达终点之后，又要面对悲壮的一劫。当驮袋从它们脊背上卸下来的时候，有些驮羊的肌肤顺势被撕扯开来，空气直接灌入它们的胸腔，瞬间倒毙。

白的雪，红的血，这就是驮羊眼里的世界。年复一年，它们用坚强的四蹄叩击着空旷的高原，叩击着每一颗曾经接近过它们生命的心灵。

在我的身边有这样一位朋友，他年轻的时候，在青海当过运输兵。退伍之后，他回到家乡务农。然而，只有初中文化的他，却热爱写作。

结婚之后，妻子对他的爱好也全力支持。经过不懈的努力，他先后出版了十几部长篇。为写作其中一部描写西藏风情的作品，年过五十的他，竟两次奔赴西藏实地考察。他的作品在社会上引起广泛的关注，并获得了不少大奖，而他最终也成为一名专业作家。

然而，在三年前，他的妻子在一场车祸中不幸去世。不久，儿子也因为一次意外事故失去了做警察的工作。之后，他的老父亲中风，家中遭窃……面对这一连串的打击，我的那位朋友没有倒下，而是将内心所有的痛苦化为动力，在不到两年的时间里，他又完成了四部作品。

那是在一次聚会上，提起那些痛苦的往事，他神情坚毅地说："我是一只驮羊，只要还有一口气，就要往前走下去。当我倒下的时候，也就意味着生命的终结。"

在场的人，大都不知道驮羊是一种什么样的动物，而我的眼睛却不由自主地模糊了。朋友因为去过西藏，对驮羊这种动物也是刻骨铭心的。那一刻，我深切地感觉到，他不就是一只在艰难的人生路程上前行的驮羊吗？

有时候，我这样想，在各自不同的人生道路上，我们其实都是一只驮羊，背负着不同的责任和希望，在人生的道路上不懈地跋涉。

无论脚底下的道路多么艰难，前方的道路多么凶险，我们为了实现心中的理想，就要像那些在高原上勇敢前行的驮羊一样，坚定无畏地走下去。而希望的太阳，也就会一直在我们的脊背上空闪耀！

生命的疤痕

秋日的山风，已多了一些凉意。然而，我们几个在崎岖的山径上行走了不长时间，便浑身冒汗了。旁边有一个小水潭，清澈的潭水像一面洁净的镜子似的，倒映着旁边的草木。我们都围了上去，捧起清凉的潭水冲掉脸上的汗渍。

距离水潭不远的地方，是一大片茂盛的苹果林。那些苹果树的枝头上挂满了红彤彤的果子，欲将枝头压折。在苹果林的旁边，有一个用碎山石搭成的石几，一位老果农正坐在那儿喝茶。

老果农见我们走了过来，他一边起身热情地打招呼，一边歉意地指着石几上的两个茶碗说："你们一定渴了吧，这儿只有两个茶碗，你们可以随便进去摘苹果吃。"

刚才上山的时候，我们都走得急，那一箱备用的矿泉水被拉在了车上。此时，我们几个都感觉有些口渴，加上老果农如此热情，也就不再客气，纷纷钻入苹果林。

我们每人摘了两个大个的、表皮光滑的苹果回来。老果农看了之后，善意地笑道："你们为什么不摘那些有疤痕的苹果呢？是嫌弃它们的样子难看吧。"

而后，老果农亲自走进苹果林，摘了一些外表有疤痕的苹果回来，微笑着对我们说："你们品尝一下，两者的味道有啥不同呢？"

我们品尝之后才发现，我们采摘的那些苹果虽然外表光滑好看，可是咬开之后，仍透着一股未熟透的青涩感，而那些外表有疤痕的苹果又脆又甜。

我们一边吃着苹果，一边跟他请教其中的道理。老果农解释说："那些受过伤的苹果，会积聚更多的糖分，并用早熟来弥补自己的伤疤。"

在离开那片苹果林的时候，我一直在回味着老果农所说的话，当我们受到痛苦打击的时候，是否也应该像那些受伤的苹果一样，默默地用自信和努力来弥补自己的伤疤，给生活奉献一枚甘甜的果实呢？

在我的身边有这样一位朋友，与他未谋面之前，我只知道他的游记体散文写得很精彩。那些普普通通的景物，在他的笔下，变得分外美丽和生动。我猜想他一定是一个十分浪漫的人，而且他也一定喜欢像古代的徐霞客一样跋山涉水。然而，在见面之后，我才发现他竟然是一个腿有严重残疾的人。

我惊讶地问："你的那些文章为什么写得如此生动呢？"

他坦诚地笑道："因为我经历过那种痛苦的折磨，所以对遇到的每一处景物都感到珍惜啊。而你们呢？不曾有过那种痛苦的感受，能够轻松地走到很远的地方，因而对眼前那些普通的景物就不太留心了。"

在每一个人生命的枝头上，都挂满了苹果。如果有痛苦袭来，就请坦然地接受吧！只要不放弃希望，顽强与痛苦抗争，你的生命就会有愈加甘甜的收获。而痛苦，留在你生命中的疤痕，也将变成一幅激动人心的图画！

盛开在石头上的花

村前，曾经是一片广阔的盐滩。冬天，在那片空旷的盐滩上，除了一些贝壳的碎片，和一些凹凸的小毛蟹洞，再也见不到别的生命。从盐滩上经过的时候，总会令人不由自主地生出一种孤寂的感觉。

然而到了春天，一场细雨之后，在那片泛着洁白晶粒的盐滩上，会冒出无数个嫩绿透粉的小叶芽，当地人称它们为碱蓬。

那些辊状的小叶芽在恶劣的环境中，尽情地舒展着。不了解它们的人，甚至会为那些柔嫩的小生命而担心，因为它们根植的泥土就像海水一样咸涩。但是，这份担心完全是多余的。它们在结满盐粒的土壤上，快乐地生长着。不知不觉，碱蓬就用它们旺盛的生命，将整个盐滩装扮成了一个绿色的世界。

在村外的那些沟堤上，还生长一种浑身长满锐刺的荆条，那也是一种令我钦佩不已的植物。经过一年又一年雨水的冲刷，沟堤表层的土壤早已荡然无存，只剩下坚硬的岩层。在岩层上面，连最顽强的野草都无法生存。然而，那些荆条却把坚实的根系扎入岩石的缝隙里面，靠着微薄的养分，顽强地存活下来。

它们一年一年地壮大，而且每到春天的时候，它们就会绽开淡黄色的小花。虽然那些小花称不上美丽，但是它们却能够带给我们一种心灵的震撼。远远地看去，那些黄色的小花，就像盛开在石头上一样。

我认识这样一个女孩，她的长相非常一般，而且左脚还有点跛。她在大学毕业之后，到一家外资企业去应聘。虽然她笔试的成绩非常突出，但是在面试的时候，由于跛脚的原因被拒绝。不久，她又到一家大型超市应聘做收银员，结果还是因为跛脚的原因被拒绝。

她屡次应聘都遭遇失败，然而她并没有因此而心灰意冷，对生活失去信心。她的性情还是像从前一样，脸上总是挂着一种自信的微笑。

后来，她自己投资开了一个服装店。因为经营有方，她的生意越做越大，而且还找到了一个真正懂她爱她的男孩。

有一次，在一位朋友的婚宴上，又遇见了那位跛脚的女孩。我与她闲聊的时候，又提及她过去的那段经历。

她认真地对我说："从一懂事的时候起，我就知道自己身上有缺陷。但是，我从来就没有认为自己丑得无可救赎。如果当时，我那样认为，我就真的无可救赎了。我没有能力提前决定自己的命运，可是我有能力决定用哪一种方式来对待生活。"

我听了她这一番话，对她肃然起敬。虽然她的外表一点都不出众，甚至还有生理上的缺陷，但是她内心和灵魂的气质，比那些花瓶式的女孩不知要美丽多少倍。

命运是一种非常奇怪的东西，有的人从一出生，便注定要跟疾病和痛苦抗争一生；而有的人一出生，他所拥有的财富，对平常人来说，即使奋斗一生也无法达到。

命运，也从来就不会因为你的怯懦、自暴自弃或者仇恨，而改变对你的态度。因此，在厄运面前，你就应该像那些坚韧的荆条一样，坦然接受命运的安排，然后，将自己生命的根系，深植于岩石的缝隙，将生命的花朵盛开在石头之上，这样，你同样会赢得一个充实的人生。

一生只开一次花

纷飞的落叶，已经开始酝酿着为秋天的舞台拉上帷幕。

沟坎上的野草，已经变得枯黄。然而，在枯草丛中却生长着一种我至今都叫不上名字来的植物。它们紧贴地皮而生，仍然舒展着细小的、碧绿的叶子。

在青草繁盛和百花盛开的季节，人们甚至忘记了它们的存在。可是，每到野草枯黄的时节，它们就会绽开金黄色的花朵。那些花朵，只有指甲般大小，层层叠叠的小花瓣，像用金箔精制的。在阳光下，它们泛着一种迷人的光泽。

虽然没有蜜蜂和蝴蝶的垂爱，它们的花，仍然开得那么坦然和快乐。我曾掐过一朵小花，放在鼻翼下，一缕淡淡的、苦杏仁般的香味，扑入我的胸怀。

哦，这些源自它们灵魂深处的芳香，是它们在苦中酝酿出来的吧！

或许，上苍就是因为它们平凡的生命，才赐给它们一个不平凡的花期。虽然它们的花期异常短暂，但是在生命的最后季节，它们仍留下了一个灿烂的结局。

有一次，我带儿子到野外散步。儿子竟然也发现了那些盛开在枯草丛中的小花。

他惊奇地问："爸爸，那是些什么花呢？"

我思忖了一会儿，随后，告诉他说："它们叫'迎冬花'。"

此时，在儿子稚嫩的小脸上，写满了好奇。他连连追问我，为什么老师教他们认识那么多的花，却从来没有听说过"迎冬花"这个名字。

对于儿子的追问，我只能用微笑来回答了。那只是我杜撰的一个名字，他的老师怎么会知道呢？

记得去年夏天的时候，我听一位在医院工作的朋友说，他接诊了一个特殊的病号。那是一个年轻的女孩，当时她正在为高考而紧张忙碌地做着复习。但她却被确诊为患上一种极难治愈的免疫系统恶症。生命留给她的时间，不会超过两年。

女孩从医生和亲人的神情上，已经隐隐感觉到了自己病情的严重。然而，在医院接受治疗期间，她从来没有放下手中的课本。后来，那个女孩作为一名特殊的考生，在医生的陪护下，毅然走进了考场。

我没有继续追问朋友，那个女孩的最终命运如何，但是她所表现出来的勇气，已经深深地震撼了我的心灵。

她就像那些盛开在深秋枯草丛中的金色小花一样，生命虽然平凡而短暂，但她却用自己坚强的意志，在短暂的人生道路上，留下了灿烂的一笔。

在芜杂的尘世里，有悲有喜、有苦有乐、有聚有散、有分有合……上苍从来不会把幸福放在天平上，均匀地分给世间的每一个人。有些人，从一降生到这个世上，便注定要经历一个悲壮的花期。

那么，就坦然地接受吧！在困境中，灿然绽开自己生命的花朵。生命，也就不会因此而留下遗憾！

最高的境界

有一位德高望重的武术大师，应邀出席一个大型的武术交流会。当他和众多来自五湖四海的武术高手坐在一起的时候，人们却很少听到他发言。

在会场上，大师总是微笑着坐在一旁，聆听别人娓娓地讲述他们的习武心得。在会场前方，有一个简易的“演武台”。那是主办方为了方便到会的武术高手们相互切磋功夫，临时设计的。其实，也就是一块十平方米左右的红毡毯。

有些武术高手，在谈论之余，纷纷登台演练上一番拳脚。凡是登台的，大都是一些武术派系的代表人物，因而他们一个个都身怀绝技。每一招、每一势都颇显功力，博得到会的观众和媒体的记者们，当然也包括现场的那些武术高手们的喝彩声不断。大师也被他们的功夫给深深吸引住了，不时地为他们送上掌声。

临近中午的时候，一名非常年轻的武术家，走到大师的面前。他双手抱拳，恳切地说：“从一开始习武的时候，我就有个心愿，那就是能够有个机会跟大师过上几招。今日，大师可否赐教一番？”

大师赶紧起身回礼，然后，歉意地说：“非常抱歉，老朽习武的唯一目的就是强身健体，从不以功夫高低论高下，敬请小师傅海涵。”

那名年轻的武术家，倍感失望地从大师面前走开了。其实，他已经是当天的第十六位欲邀请大师比试功夫，却被大师婉拒的人。

但是，现场的人们都不肯放弃这个一睹大师身手的机会，纷纷鼓掌，请求大师能够登台一展身手。大师自知盛情难却，便整理了一下衣衫，走上演武台。他练了一套大洪拳，虽然只有短短几分钟的时间，但是大师的身形矫健，拳脚生风。观众的喝彩声，此起彼伏。

大师演练完毕，对现场的观众深施一礼。随后，在人们的掌声中，他面带微笑、步态轻盈地回到自己的座位上。

在午宴的时候，一些武术爱好者与各派别的武术高手们，纷纷走上前去，虚心跟大师请教："您是通过什么秘诀，将自己的功力修炼到至高的境界呢？"

大师仍然面带微笑，摇了摇头说："武术是没有至高境界的，没有一个人一定比哪一个人高。我也没有什么特别的办法。当然，非要说个秘诀，也有一个，那就是我从开始练武的时候起，每天都比别人多练两遍。"

众人听了之后，都朝大师投去无限敬佩的目光。

任何一门学问都是无限的。一个大智的人，从来不会因为自己一时达到的高度而自诩。古语说："长江后浪推前浪，一浪更比一浪高。"也许，你在今天还是某一个领域的领军人物，但是明天就有可能有人会超越你，更何况再过数年，或者数十年呢？

但是，人品却有一个至高的境界，那就是拥有一颗仁爱的心和一个谦逊博大的胸怀。一个具有这种人品的人，无论他走到哪儿，都会受到别人的尊重；无论再过多少年，在他的身上，仍然是魅力四射！

李良旭

现居安徽马鞍山，《读者》《青年文摘》《意林》《格言》《特别关注》《思维与智慧》《微型小说选刊》等期刊签约作家。从事文学创作三十多年，已发表文学作品三百多万字，有多篇文章在全国文学大奖赛上获奖，并有多篇文章入选中考语文试卷和中学生课外阅读书籍。许多文章先后被收录在《带着智慧远行》《永远不要找借口》《智慧的人生不寂寞》《回回头看见爱》《修好自己的这颗心》《穿越时光的思念》等八十多部图书中。

一切生命都是平等的

由美国《时代》杂志前总编艾萨克森所著的《史蒂夫·乔布斯传》，使我们看到了一个更加真实的乔布斯。他就像是一个邻家大哥一样，是那么平常、和蔼和可亲。这是乔布斯生前唯一一次同意记者为自己撰写传记。那个时候，生命留给乔布斯的时间已不多了。

在这部传记的发行仪式上，艾萨克森说了这样一件事，让人们心里充满了温暖和感动，人们眼里噙满泪水，沉浸在绵绵不绝的回味和怀想中……

2009 年初，苹果总裁乔布斯被查出肝硬化晚期。医生告诉他，必须马上进行肝移植，才能挽救他的生命。

乔布斯最终同意了肝移植手术方案。

院方马上为乔布斯在加利福尼亚州肝移植中心进行登记，等待肝源。

可是院方发现，要进行肝移植的病人有很多，如果排到乔布斯至少需要十个月的时间。为了尽快挽救乔布斯的生命，院方马上又为乔布斯在其他州进行了登记。这种跨州登记在美国是法律所允许的，目的是为了争分夺秒地抢时间，尽快地挽救病人的生命。

院方发现，几个州中最快的是田纳西州，只需要六个星期就可以等到。于是，院方决定让乔布斯在田纳西州进行肝移植。乔布斯排在了需要肝移植的人中的最后一个。

六个星期，在我们平常生活中并不会觉得有多长，可是，对于急需进行肝移植的病人来说，却是显得那么漫长，每一分、每一秒都显得是那么宝贵。

有人想，如果让乔布斯插队排在前面，不就很快可以移植，而无须再等待六个星期了吗？

于是，有人找到医院院长杜尔先生，希望杜尔能行使院长的特权，让乔布斯插个队，先给乔布斯移植。

院长杜尔先生听了，皱起了眉头，脸上露出十分惊讶的神色，他两手一摊，无奈地耸耸肩，说道："我哪有那个特权让乔布斯插队？如果让乔布斯先移植了，那么其他病人怎么办？一切生命都是平等的啊。"

说情的人，只好郁郁寡欢地离开了杜尔的办公室。

有人又找到田纳西州州长菲尔·布雷德森，希望布雷德森能帮帮忙，行使一下特权，给院方打个招呼，或写个批条，让乔布斯先移植，否则，乔布斯会有生命危险。

布雷德森听了，脸上的笑容消失了，他严肃地说道："我哪有那个特权？打个招呼？批个条？什么意思？我不懂！谁也没有什么特权能让谁先移植，谁可以后移植。一切生命都是平等的，大家只能按照排队先后顺序来进行。"

说情的人，又只好郁郁寡欢地离开了州长办公室。

有人对乔布斯悄悄地说道，看能不能花点钱，给有关人员打点打点，让您先移植？

钱对乔布斯来说是最不缺的，他富可敌国。

乔布斯听了，吃惊地说道："这怎么行？那不是违法了吗？我的生命和大家是一样的，大家只能按照秩序来排队！"

没有任何人能帮助乔布斯，包括他自己。

那些排在乔布斯前面需要肝移植的病人，有的是普通的公司职员，有的是家庭主妇，有的是老人，还有的是失业者，他们都在按照顺序排队，等待可供移植的肝脏。生命，对于每一个人来说，都是那么宝贵。

六个星期后，乔布斯终于等来了可供移植的肝脏。可是，由于等待时间太长，乔布斯的癌细胞已经转移。这次移植，只延长了乔布斯生命两年多的时间。

但是，乔布斯无怨无悔。他在生命最后两年多的时间里，依然为苹果公司开发出更加新颖的产品，一直到他生命的最后一息。

艾萨克森深情地说道："生命没有高低贵贱的区别，任何生命都是平等的。平等不是口号，平等不是作秀，平等更不是交换，它是生活中最生动、具体的体现。它如明月般皎洁，光可鉴人，散发着圣洁的光芒，它使我们看到了人性的光辉，直抵我们内心的柔软。"

看见自己绚丽的影子

美国著名艺术家吉普森用彩虹和影子这两个元素，进行了一种全新的绘画尝试。吉普森惊奇地发现，利用这种绘画手法，取得了一种令人意想不到的艺术效果。它使原来阴暗、单调的影子，绽放出迷人、妖娆的光晕和色泽。从这些影子上，他仿佛看到了一种生命的美丽和燃烧。

吉普森在街头为一名建筑工人绘画。这名建筑工人正站在高高的脚手架上粉刷墙体，他的身上沾满涂料和泥浆。吉普森用彩虹绘画出这名建筑工人的影子。画作完成后，他发现，这名建筑工人的影子洒满金色的阳光，像披上了一道金色的羽毛，熠熠生辉。

这名建筑工人看到吉普森为他画的影子，感动得热泪盈眶。他说，我曾经为自己的人生自卑、叹息过，对自己所从事的工作充满了怨言和消极情绪。看到这幅画后，我为自己曾经的那种想法感到自责和汗颜。原来自己身后也有一个绚丽的影子，这绚丽的影子，一直在伴随着自己，这真的是一种神奇和温暖。

吉普森在街头为一名清洁工人绘画。这名清洁工正拿着一把扫帚在清扫路面。吉普森用彩虹绘画出这名清洁工人的影子。画作完成后，他发现，这位清洁工的身后映衬着一个绚丽的影子。这道影子，曼妙、婆娑，就像一只展翅飞翔的大鹏，翱翔在蓝天，闪耀着璀璨的光芒。

这名清洁工人看到吉普森为他画的影子，目光久久地停留在这幅画上。那一刻，他眼睛里噙满了泪水。他哽咽地说道，原来我也有一个绚丽的影子，我为自己的人生感到自豪和骄傲。

吉普森在街头为一名交通警察绘画。这名正在指挥交通的警察，不停地上下左右挥舞着手臂。吉普森用彩虹绘画出这名警察的影子。画作完成后，他发现，这名警察身后颀长的影子，就像是一朵盛开的郁金香，袅袅婷婷，婀娜多姿。

这名警察看到吉普森为他画的影子，惊讶得目瞪口呆。他轻轻地亲吻着画上自己的影子，喃喃地说道，真是太神奇啦！自己原来也有这样一个绚丽的影子，我为自己曾经顾影自怜感到悲哀。

吉普森为一名在课堂上的老师绘画。这名正在给小学生上课的老师，是一个美丽的姑娘，姑娘的眉黛浅处却有一种隐隐的忧愁。吉普森用彩虹绘画出这名小学教师的影子，她身后的影子像盛开的向日葵，昂首挺胸，散发出金黄色的光芒。

这名女教师看到吉普森为她画的影子，眼睛里顿时洇上了一片晶莹。她有些羞涩地说道，原来自己也有一个美丽的影子，看到这美丽的影子，给了我一种信心和力量，我不会再对生活抱怨什么，这金黄色的影子会一直激励自己积极地生活下去。

……

吉普森在他出版的画作《彩虹和影子》的发行仪式上，对参观者说了这样一句话，给人们留下了深刻的印象。他说道，其实，我们每一个人身后都有一个绚丽的影子。永远不要看轻自己、怠慢自己，在你的身后，一直有一个绚丽的影子，它散发出金色的光芒，照耀着自己的人生。时常看到自己身后那个绚丽的影子，不仅是人生的一种智慧和聪明，更是一种人生的勇气和力量。

从来没有枯死的生命

智利摄影师克劳迪奥·亚涅斯在海边摄影时，发现了沙滩上有一条干枯的死鱼。鱼已死了很长时间了，只剩下一些骨架。海浪不时冲到它的身边，好像在深情地亲吻它；天空中，海鸥不时在它上面盘旋着，发出悦耳的叫声，好像在和它呢喃。

这一幕，深深地打动了亚涅斯的心。他仿佛看到那条干枯的死鱼又有了一种新的生命，正发出生命的歌唱。经过艺术处理，他拍下了躺在沙滩上的那条干枯的死鱼。照片洗出来后，这条枯死的小鱼，转换成沙滩上一朵鲜艳的花朵，娇艳欲滴。这朵鲜艳的花朵，就是从那条干枯的死鱼延伸出来的一种新的生命。

这张照片在报纸上发表后，引起了读者强烈反响，人们纷纷称赞亚涅斯，觉得他拍摄的这张照片，蕴含着深刻的生活哲理和人文思考，带来了强烈的视觉震撼和艺术效果。这张照片，最后还获得了智利最高摄影展——21世纪智利青年摄影奖。

偶尔的成功，给了亚涅斯很大的信心和创作灵感，他仿佛找到了另一条摄影创作之路。就这样，他开始了一种全新的摄影探索和艺术追求。

他看到路边一根枯死的树桩，他在这根树桩前久久徘徊、凝视，目光中，溢满了柔情。这根树桩上布满了尘土和蛛网，在常人的眼里，这根枯死的树桩，没有了一点生命的迹象。亚涅斯选择角度拍照后，经过艺术处理，这根枯死的树桩转换成了美丽、可爱的小山羊。小山羊眨着一双美丽的眼睛，正无忧无虑地吃着嫩绿的青草。

他看到垃圾筒里半块被人吃剩下来的面包。他将面包拿出来仔细观察着。一对青年男女卿卿我我地走了过来，女孩看到亚涅斯手里拿着半块面包，嬉笑道，捡了半块面包，还这么左看右瞧的，好像捡了个什么宝贝似的。

亚涅斯听了，深情地说道，是的，在我眼里它就是一块宝贝。女孩听了，一下笑出声来。她说道，您这人说话可真逗，不就是半块被人丢进垃圾筒里的面包吗？怎么成了宝贝了？

亚涅斯说道，姑娘，你拿着这半块面包，你马上会看到一种神奇的效果。这不是魔术，是艺术。

女孩拿起这半块面包，满脸疑惑地看着亚涅斯。亚涅斯举起手中的相机，调整好光圈和焦距，按下了快门，然后，亚涅斯将相机拿给女孩看。女孩看到，相机里刚刚拍下的照片：她手里托举的是一片丰收的稻田。

女孩看呆了，过了好一会儿，女孩才对男孩喃喃地说道，这看似被丢弃的半块面包，其实是一片丰收的稻田演变而来的。她又对亚涅斯说道，谢谢您让我知道了这样一个浅显而深刻的道理，从来没有枯死的生命，一切生命都将会以另一种形式出现。

亚涅斯专门拍摄那些没有生命迹象的东西，经过他的艺术处理，这些过去看似没有生命的东西，以另一种形式，重新有了生命。他将被车碾死的小狗，拍摄成了盛开在马路上的玫瑰；他将漂浮在水面上的死鱼，拍摄成了水面上欢快的鸭子；他将被人射杀的鸟禽，拍摄成了欣欣向荣的向日葵……

亚涅斯成了智利著名的另类摄影师，人们从他的摄影作品里，看到了燃烧的生命和希望，看到了珍惜生命、热爱生命的深刻和迫切。人们亲切地称他的摄影作品是“从来没有枯死的生命”。

低眉与抬头

1907 年，英国文学家吉卜林以“观察的能力，想象的新颖，思维的雄浑和叙事的杰出才能”而荣获当年的诺贝尔文学奖。

吉卜林一路风尘来到瑞典，下榻于斯德哥尔摩一家酒店，准备领取诺贝尔文学奖。在酒店门口，吉卜林看到一个卖当地小吃的摊贩，旁边一个七八岁的瑞典小女孩伏在餐桌上正聚精会神地写字。

吉卜林好奇地走了过去，他俯下身子，在小女孩身后仔细看着，脸上露出温暖的笑容。小女孩发现吉卜林站在身后，抬起头，眨着一双明亮的眼睛，问道：“先生，我的诗歌写得怎么样？”

吉卜林夸赞道：“你写得太好啦！特别是这句‘小鸟从天空中飞过，将它的身影留下’，我感到写得很优美、很形象。”

小女孩听了，兴奋地说道：“谢谢您的夸奖，今后如果您要想学诗，可以请我来教您！”

吉卜林听了，欣喜地笑道：“那太感谢小朋友啦！有机会，我一定会来向小朋友请教的！”

小女孩说道：“那就这样说定了，如果您在这里找不到我，可以到纽卡拉大街 15 号，我家就住在那边！”小女孩用手指了指前面不远处。

吉卜林亲切地握着小女孩的小手，说道："好的，我记住了！"

离开斯德哥尔摩时，吉卜林专门送给那个小女孩一本他的小说《老虎！老虎！》，在这本书的扉页上，吉卜林写了这样一句话：小鸟从天空中飞过，将它的身影留下。您的大朋友：吉卜林。

在举行授奖仪式时，恰逢瑞典国王奥斯卡二世去世，授奖仪式极其简单，到会者寥寥无几，总共只有两三个人，其中还有一个门卫和一个清洁工，现场没有掌声，也没有喝彩声。吉卜林依然兴致勃勃，并发表了即兴演讲。他说："哪怕此时没有一名听众，我也必须要演讲，因为还有这苍茫的宇宙和灿烂的星空，它们会听到我的声音，这是对神圣的诺贝尔文学奖的敬畏和崇拜。"

领奖仪式结束后，吉卜林前去王宫拜见新国王。新国王刚刚登基，他端坐在王座上，见到吉卜林来了，眼睛都没抬一下，双目低垂着。

吉卜林抬起头，不卑不亢地说道："国王陛下，本年度诺贝尔文学奖获得者，英国文学家吉卜林前来拜见国王，想必此时国王陛下正在小寐，那我告辞了！"说罢，吉卜林抬头挺胸，气宇轩昂地走出王宫。

新国王睁大眼睛，望着吉卜林离开的背影，不无感慨地对身边的人说道："这是一个真正的文学大师，他能蔑视任何达官显贵，他是一个永远值得人们尊敬的人！"

吉卜林在回国的邮轮上，给他的十二岁的儿子写了一封信，吉卜林在信中写道："如果你跟村夫交谈不离谦卑之态，与王侯散步不露谄媚之颜，孩子，你就会在低眉与抬头之间，感受到人格的尊严和伟大。"

这封信后来被收进大英博物馆，并用中、英、法、意大利、拉丁等几种文字翻译。一百多年过去了，每天，来自世界各地的参观者络绎不绝。每当人们来到这封信的展柜前，都会流连忘返，心潮起伏。人们仿佛触摸到吉卜林那高尚、博大的灵魂，让人充满了温暖和感动。

生命的清单

埃尔·拉法兰是法国的一名大富翁。埃尔性格温和，乐善好施，被人誉为“大善人”。

没想到，正当他人生处于鼎盛时期，却突然得了一种重病。他到许多医院看过，医生都无能为力。当生命进入到最后的时间，他突然变得格外清醒和冷静，他让妻子坐在他病床前，记下他埋藏在心里的一个个秘密。他说，这是他“生命的清单”。

1. 上小学的时候，他曾陷害过一个名叫约翰的同班同学。他向老师打小报告，说约翰偷了邻居一只鸡，他把这只鸡卖了五法郎，买了零食和玩具。老师表扬了他，说他有正义感。后来，约翰受尽了老师的嘲弄和同学的挖苦。无奈之下，约翰转到乡下读书去了。后来，听说约翰高中没毕业，就当了一名煤矿工人，从此，一生过得很潦倒。

埃尔流着眼泪对妻子说道，其实，那只鸡是他偷的，这个秘密埋藏在他心里，一直不敢对人说，是他毁了约翰的一生。

2. 上中学时，他看上了一个名叫简的女孩子。他向简求爱，简没有答应。从此，他对简怀恨在心。后来，简看上了另一个男孩子。看着俩人牵手、甜甜蜜蜜的样子，他妒火中烧。他偷偷地写了一封信，放在男孩子的抽屉里。信上说，简很烂，性伴侣很多……很快，那男孩子和简分手了。受此打击，简精神一下子崩溃了。后来听说，简一生没有嫁人，嘴里整天唠叨着那男孩子的名字，眼睛里流露着无尽的忧伤和悲哀。

埃尔重重地叹了一口气，说道，这个秘密他一直不敢对人说，是他毁了简的一生。

3. 他有个生意伙伴，名叫卡达。卡达对他一直毕恭毕敬，关爱有加。在他资金最困难的时候，卡达还借给他十万美元，帮他走出了困境。但是，看到卡达生意做得顺风顺水，而且越做越大，他非常嫉妒。为了击败卡达，他设计陷害了卡达。看到卡达生意每况愈下，最后破了产，他心里比吃了蜜还甜。

埃尔悲伤地说道，这个秘密他一直不敢说，是他毁了卡达的一生。

4. 为了寻找刺激，他还多次在外偷偷地发生过“一夜情”，并致使一个名叫珍妮的女孩子怀孕。珍妮流产后，导致了终身不孕。

5. 为了偷税漏税，逃避税收检查，他贿赂了一名税务工作人员。目的达到后，他偷偷地写了一封匿名信，检举了这名税务人员，致使这名税务人员丢了饭碗，被关进了大牢。

……

埃尔列举了几十条埋藏在他心底的秘密。当他说完最后一条，他有了一种如释重负的感觉。他说，如果不说出这些埋藏在他心里的秘密，他到了上帝那里，也不会轻松的。现在，他要对他一生所犯下的种种罪恶，表示深深的忏悔。

妻子拿着丈夫这份“生命的清单”，完全惊呆了。没想到，与自己同床共枕的丈夫，被人誉为“大善人”的他，竟是一个如此龌龊、卑鄙的小人，他的心里竟隐藏着这么多见不得阳光的东西。

这份“生命的清单”最后被刊登在法国《费加罗报》上。文章刊登后，立刻在读者中引起了强烈的反响。许多读者给报社写信、发短信，述说自己生命中隐藏着一些像埃尔做过的一样的事情，他们感到自己很可耻、很卑鄙。

费加罗报在评论中一针见血地指出：我们每一个衣冠楚楚的人的内心里，都住着一个埃尔·拉法兰，它是人的自私、虚伪、狭隘的体现。在我们短暂的一生中，时时在扮演着埃尔·拉法兰的角色，它让我们活得沉重、活得贪婪、活得悲哀。这是人性的悲哀，这是良知的泯灭，更是社会道德的缺失。

生命的笑容

在互联网上，看到这样一组感人的画面，画面的题目是：生命的笑容。

英国伦敦一名四十四岁的女子，被查出患了乳腺癌。她回到家，笑着对自己六岁的女儿说了病情。她说：“为了治病，妈妈的容貌马上要有所改变，现在请你为妈妈做一件事，那就是请你帮助我把一头秀发剃掉。”

女儿听了，高兴地答应了。于是，六岁的女儿双手拿着剃须刀，开始帮妈妈剃头。小姑娘笨手笨脚的，把妈妈的头发剪得丑陋不堪。母亲从镜子里，看到自己的头发被女儿剪成“阴阳头”忍俊不禁，与女儿嘻嘻哈哈，互相逗笑。

这充满温暖、甜蜜的画面，打动了无数网友的心。当死神向你露出狰狞、恐怖的面容时，依然以灿烂的笑容面对，展示出生命的坚强和勇敢，这是一种积极、乐观、向上的生活态度。

美国宾夕法尼亚州一个十二岁的小女孩，被查出患有进行性肌肉萎缩症，这种病，被称为超级癌症。

小女孩得知病情后，脸上露出羞涩的笑容。她说：“哇，这病可真厉害呀，都是‘超级级别’的了，看来，只能让超人来对付它了。”

于是，她把自己打扮成超人模样，用超人的语言和动作，表达出对这种疾病的蔑视和不屑；在家里，爸爸、妈妈也常常打扮成超人模样，向她展示出力量和勇气；邻里小朋友，也常常打扮成超人模样，给她信心和力量。

小女孩虽得了可怕的疾病，但是她没有露出一丝胆怯。小女孩诙谐、幽默、轻松的生活态度，感动了无数网友。

新西兰惠灵顿一个六十六岁的老太太，被查出患有脑萎缩症，这种病发展下去，所有的人她都会不认识了，包括她自己。老太太得知自己得了这种病后，哈哈一笑道：“哇，这病可真厉害呀，那我可要把我的亲人用心好好看一下，不然到时我有许多人都不认识了，那多遗憾。”

于是，老太太每天将自己打扮得漂漂亮亮的，走到每一个熟悉的人面前，深情地拥抱着每一个人，然后捧起对方的脸，在对方额头上深情地一吻，说道："我记下了你的容貌，记在心里了，永远不会忘记的！"

就这样，老太太用心去记下每一个熟悉的人，她要赶在疾病恶化之前，将熟悉的人都永远刻在心里，即使脑萎缩了，心里却还明亮如镜，心是不会萎缩的。老太太用这种独特的方式，表达对生活的感恩和爱。

生命的笑容，是人生的一种态度，这种态度，给人以无穷的信心和勇气。人生可以被打倒，但决不能放弃笑容。笑容，永远是人生昂首挺立中最优美的姿态。

乔治的遗憾

美国宾夕法尼亚州亿万富翁乔治先生，患病，久治无效。临终前，他对聚在身边的亲友们艰难地伸出三个手指头。亲人们看到后，面面相觑，不知道乔治是什么意思。

只听见乔治气若游丝地说道：我这一生最大的遗憾有"三件事"！

亲友们听了，都非常吃惊，心想，你一个亿万大富翁，有享受不尽的荣华富贵，过着人们十分向往和追求的生活，你怎么还有三件遗憾的事呢？亲友们赶紧弯下腰，俯在他的头前，想听清楚他要说的是哪三件遗憾的事。

只听见乔治喃喃地说道，我第一件遗憾的事，就是年轻时没有热烈地爱过一个人。回首往事，在我的青涩岁月里，我竟没有过一段刻骨铭心、清纯、美丽的爱的故事。从小，父母和老师就向我灌输要刻苦学习，只有将来出人头地，挣好多钱，才能享受生活。就这样，我像一个苦行僧，为了那个出人头地、挣好多钱的梦想，拼命地奋斗着，还拼命压抑着青春萌动的那种情感。成年后，我虽然把生意越做越大，钱越挣越多，外人看到我，以为我很幸福，其实，我内心里一点也不快乐。每当我看到一些年轻人浓情相依时，我真的好羡慕他们，而我在他们那个年龄段，感情却是一段深深的空白。

我第二件遗憾的事，就是没有充实地生活过。为了挣更多的钱，我每天四处忙碌、奔波、应酬，我有时竟会忘记了自己是谁。在那些事无巨细的奔忙中，我没有过过一段真正属于自己的日子，脑海里想的只是钱的积累、财产的升值。我没有纯粹地过过一天，那种拥有闲情逸致、云淡风轻的生活。

我第三件遗憾的事，就是没有学会放弃那些不属于自己的东西。面对种种诱惑，我没有能理智地，勇敢地放弃，一直想把它们都抓到手，结果是心力交瘁、神经紧张。现在想起来，我真的很蠢。我没有学会放弃那些诱惑，我总想要得到、得到、再得到，永远没有个满足。

乔治最后说道，虽然我挣了很多钱，可又有什么用？其实，在我一生中，一直没有快乐过，一直过着一种焦虑、担忧的生活。

说到这里，乔治先生的眼眶里，流出了两行苍凉的泪水……

亿万富翁乔治先生临终前说出的自己遗憾的“三件事”，

最后刊登在美国《匹兹堡邮报》上。乔治的遗言刊登后，立刻在读者中引起了强烈反响。许多人深深地感到，自己虽然比不上乔治有钱，但比乔治活得充实、快乐，从这个意义上讲，这也是一种富有和幸福。

《匹兹堡邮报》在评论中指出：人们从乔治先生人生的遗憾中，找到了一种人生的幸福和快乐。其实，幸福和快乐并不是以金钱的多少来衡量的。只有始终怀着一颗感恩的心，走在人生的旅途上，才会使自己的人生更加幸福和快乐。宠辱不惊、云淡风轻的生活，才是人生中一种最美的绽放和妖娆。

卖掉的人生

四十八岁的伊恩·厄舍是澳大利亚堪培拉一名著名银行家，年收入达二百多万美元，他拥有自己的私人飞机、游艇和豪华别墅，每年飞往世界各地旅游、度假，享受着荣华富贵的生活。人们十分羡慕他的人生，他成了大家的楷模，学习的榜样。

他曾经上学的小学、中学和大学的老师，常常以他为骄傲，并一直拿他来作为榜样教育学生，希望学生们将来也能像伊恩·厄舍一样，成为一个令人仰慕的成功人士。

令人意想不到的是，2008 年，伊恩·厄舍卖掉了自己的私人飞机、游艇和豪华别墅，辞去了在堪培拉的银行总裁的职务，将自己变成一个彻底的无产者。

伊恩·厄舍的这一惊人之举，令许多人大惑不解。他的这种生活可是人们梦寐以求的啊，他怎么能告别这种生活，变成一个彻底的无产者呢？

面对人们的困惑和不解，伊恩·厄舍深情地说道，在许多人的眼里，我是一个成功人士，拥有体面的工作和高薪，可谓风光无限，可这些都是物化的外在表象。对生活而言，其实我是一个失败者，是生活的低能儿，对生活中的许多事，我更像是一个白痴，我几乎什么都不会。我家的灯泡坏了，我也不会换个新的；抽水马桶堵塞了，我也不会疏通。我们银行的保安卡尔先生，这一切他都会。每次我请他来帮我干这些事，他轻而易举地就搞好了。他真的太有才了，比我聪明多了。

伊恩说道，从小我就有许多美丽的梦想和向往，可是等我长大了，那些美丽的梦想，却离我渐行渐远。对于这份痛苦和无奈，我常常一个人在黑暗里哭泣、挣扎，却不能对人诉说，甚至对自己的妻子和孩子也无法诉说。我在华丽外表的掩盖下，在面壁而泣。我常常问自己，我究竟需要一种什么样的生活？难道现在这种物质生活，就是我所追求和向往的吗？

痛定思痛，现在终于是做出决定的时候了。我知道，做出这种决定很艰难，也很痛苦。但是，为了心中的那个美丽的梦想和向往，我别无选择。我卖掉我以往的人生，开始一种全新的人生和追求，这是我内心最深情的呼唤，我看到了生命中最纯粹的灿烂和美好。

伊恩·厄舍卖掉自己的一切后，为自己制定了一百个人生目标。这一百个人生目标，其实是他从小就梦寐以求和向往的，现在他要开始逐步实现它们。

他报名上了少儿口琴培训班。那是他从小就有的梦想，他一直希望能用口琴吹出许多美妙的乐曲来。他是少儿班最大的学生，许多小朋友都对他这么一个大人也来学口琴，感到十分稀奇。伊恩学得很认真，渐渐地，他能吹出简单的音符了。当他终于可以吹出一首完整的乐曲时，他激动得热泪盈眶，他和小朋友们击掌欢庆，高声喊叫。那一刻，他显得是那么快乐和幸福。

告别了口琴培训班，他来到了一家杂技团，报名学习骑独轮车。小时候，一次，一个杂技团到他们乡村来表演节目。节目上，那个骑独轮车的小男孩，深深地吸引了他。梦里多少回，他也会骑一辆独轮车了。那时，他就想，长大了，我也要会骑独轮车。现在，伊恩毕竟岁数大了，学骑独轮车已很难了。可他毫不气馁。摔倒了，爬起来，继续练。有时摔得鼻青脸肿，还笑哈哈的。杂技团团长夸他是最刻苦的学员。听到表扬，伊恩脸上露出羞涩的笑容。几个月后，他终于会骑独轮车了。他兴奋得手舞足蹈，像个可爱的孩子。

告别了杂技团，他来到了健美训练中心。健美运动员身上那些大块的肌肉尤其是腹肌，曾让他魂牵梦萦，他早就想将自己也练出一身肌肉。他成了健美训练中心年龄最大的学员。许多年轻小伙子看到他一身松弛的皮肤，发福的身材，嬉笑道，就你还能练出一身肌肉来？没想到，经过一段时间的刻苦训练，伊恩硬是练出了六块腹肌，让许多年轻人也自叹弗如。

……

边实现自己人生的一百个目标，伊恩边进行写作。从小，他就有一个当作家的梦想，希望将来能当个作家，写出好多文章来。现在，他终于能静下心来实现他的作家梦想了。他将自己写的书命名为《卖掉的人生》。在书中，他详细地记录了实现自己一个又一个人生目标的心路历程。

他的“卖掉旧人生，迎接新人生”的故事，引起了美国华特迪士尼影片公司的浓厚兴趣，并与他签订了合约，等他的书稿完成后，将以影片的形式，将他的故事更精彩地展现给世人。影片主角将由伊恩·厄舍亲自担任。

伊恩在接受美联社记者采访时说道，人生的成功途径千千万，能将航天飞机送上天，是一种成功；能将堵塞的下水管道疏通，也是一种成功。成功，就是你心中最纯粹美好的愉悦和享受。永远别拿他做榜样和标本，每一个人都有自己的成功方式。他只是在实现自己人生中一个个最纯粹的美好和享受。每实现一个人生目标，他都感受到了一种轻舞飞扬般的幸福和美好，他感到，这才是自己最美好的生活方式。

记者在《华盛顿邮报》上撰文指出：现代文明的生活本身并没有错，对于生活在现代文明社会的人来说，应当如何以一种内心与外在的高度和谐与统一，去理性与自制地追求和享受这些现代文明成果，才是现代生活中的人们应当理性思考的。伊恩·厄舍是在以自己的生活方式，追求一种内心与外界的统一。这种统一，使他真正地感受到生活的幸福和美好。他的故事，给人们带来了绵绵不绝的回味和思考。

鲁先圣

中国作家协会会员，教育部“十一五”课题组文学专家，《读者》《青年文摘》《意林》《格言》《特别关注》等期刊签约作家，龙源期刊网签约专栏作家，《北京青年报》《燕赵晚报》《晶报》《济南时报》《生活日报》《西部商报》等多家报刊专栏作家。已出版散文随笔集《持续地敲门》《黎明的珠露》和历史评论专著《伴你读名著——水浒》等多部，合著散文集《心灵的独白》《爱是条温暖的河》等多部，已发表作品六百万字。《遥远的炊烟》《读书是风雅乐事》等二十多篇作品被选为中考、高考语文阅读试题。曾获第十八届孙犁散文奖二等奖、2009年度冰心图书奖。

不能等待的事情

我们习惯于听到这样的话：再等等看。说这话的，多半是那些人生阅历丰富的人。他们以自己的人生经验来告诉你，很多事情必须等待机会。

这样的忠告当然有道理。但是，我们怎么才能把握哪些事情应该等待，而哪些事情不能等待呢?

机会是不能等待的。人的一生当中，重要而关键的机会是不多的，当一个机会来临，也许因为你的等等看这样的瞬间犹豫而坐失良机。在一个单位很多年找不到施展才能的机会，另外一个适合你的单位正在招聘人才，你就应该当机立断去应试。你所处的城市正在招贤纳士，你就应该做好充足的准备去展示自己的才能。勇敢地跨出一步，也许，你的人生之路就是海阔天空了。机会是不会等待你的，它只看重那些积极勇敢的人。

天下最不能等待的是孝顺。因为，等到你认为你有足够的财力和能力来孝顺的时候，老人已经来日不多或者已经不在了，你有了能力却没有机会了。我看到很多对成功人士的访谈，说到“遗憾”这个话题的时候，很多人都谈到了孝顺的问题。他们都在说，自己想着等奋斗到一定程度，自己有了足够的能力，让老人好好享几年清福。但是，遗憾的是，等到自己成功了，老人已经去世了。孝顺不一定非是物质上的不可，在你力所能及的范围内，时时想着，就足够了。饭后端上一杯热茶；阳光好的日子里，扶老人到外面走走；常给老人谈谈外面的事；去外地的时候，想着给老人带来一包可口的点心。关键的是不要等待，就从今天开始。当你这样去做的时候，你会发现，孝顺的意义已经与你原来想象的截然不同了。

时间更是不能等待的。我们从来到这个世界的那一刻起，我们一生的时间就不可改变了。我们就这些可以支配的时间，多等待一分钟，就少了一分钟，所以，那些成功的人最大的秘诀是利用可以利用的一切时间，抓紧行动。台湾作家刘墉年龄并不大，但是其著作早已等身，他精致典雅的散文随笔畅销全球华人圈。

达到这样的成就，其才情自然是重要的因素，但是，还有一个因素同样重要，那就是刘墉管理利用时间的精细。刘墉身边的人都知道，他是把自己的时间精确到分钟的人。所有接待过刘墉的单位都清楚，“伺候”好刘墉不是一件容易的事情，因为我们的时间观念实在难以达到刘墉那样的精细。任何一次活动，他都会要求提供一份详细的日程表，表中要列明所有他能够想到的具体条目：几点几分从酒店门口出发；从一个城市到另一个城市有几趟航班，哪一趟航班最节省时间，怎么衔接，如何接送；中午十二点以前不要安排活动，以保证下午和晚上活动精神饱满；不和不相干的人一起吃饭，如果非吃不可，要确定好时间，时间一到立刻走人；某个活动几点几分开始，几点几分到达休息室，从休息室到达会场需要几分钟。每次活动前，即使你已经提前告诉了他你几点几分在大厅接他，但是他仍然会咨询楼层服务员，他从房间到大厅需要几分钟，然后他会准时从房间出来，一分钟也不浪费地准时到达。

刘墉常说，最大的罪过就是无端地浪费时间，为了节约时间，得罪人也值得。无端的应酬不仅仅浪费了自己宝贵的时间，还毁坏自己的身体和精神。他认为自己是自己的时间的主人，别人没有权利要求他。他常说的话是，人的一生没有多少时间可以支用，自己有更重要的事情做，他的每一分钟时间都要用到刀刃上。

不能等待的事情很多，具体到每一个人身上更是千差万别。但是有一点是肯定的：等待是一切成功的杀手，无数平庸一生的人，大多是因为充当了等待的俘虏。

聪明的人从不囿于失败的往事

一个预防犯罪研究机构邀请我去一个监狱讲座与采访。开始我很踌躇，我对这样一个特殊群体的思想和生活状况一无所知，我不了解他们怎么面对自己人生的挫折，怎么打发监狱里一天天漫长的时光，更不知道他们怎么面对恢复自由以后的生活。他们的一切对于我来说，都是新奇而神秘的。

可是，也正是这种神秘和好奇，促使我最终答应了这份邀请。

监狱位于地处鲁南的微山湖畔，我怀着巨大的好奇走进了戒备森严的高墙之内。监狱长最先让我接触的是一个籍贯郓城的小伙子，小伙子只有二十三岁。我对他很感兴趣，我的故乡与郓城是近邻，对于那里的风土人情十分熟悉，这使我们的谈话有了很多共同而方便的话题。

小伙子刚刚被狱警带到我面前的时候，神情有些紧张而拘谨。但是，当我问到他的籍贯，告诉他我们是近邻，又说了很多我们那一带的一些他也熟悉的地名和风俗之后，他就放松下来了。他的话匣子没有多久就完全打开了。他似乎是轻描淡写地告诉我，他是因为年轻无知与人打架打伤了人家才来这里的，但是那已经是过去的事了。他这两年在监狱里学习了修理汽车的技术，他现在完全能够修理任何型号的汽车了。他说，他现在就是好好表现，努力争取尽早出去，然后计划在家乡开一个小型的汽车修理厂。

在谈话开始之前，邀请方并没有为我设定什么话题范围。我们的谈话十分轻松而随意，我把更多的谈话机会留给小伙子。一直到谈话结束，小伙子都滔滔不绝地向我憧憬着自己美好的未来，十分兴奋的样子。

监狱长告诉我，小伙子已经来了三年，他的刑期是九年，根据他的表现，也许再有三年他就能够自由了。

我们的谈话结束的时候，我对小伙子说，三年以后我一定专程去郓城看你的汽车修理厂。他很高兴，他说，他已经想好了地方，也把自己的计划告诉了家里的父母，父母也都很支持他。

我也鼓励他。我说，凭你在这里学习到的技术，更重要的是你有创业的志向和激情，你一定会成功的。

回到我所在的城市，小伙子的影子始终在我的眼前晃动。我在想，这是一个多么可爱的小伙子！他没有沉湎在自己的挫折当中不能自拔，他没有囿于自己不光彩的往事，而是重新找到了自己的价值，并对自己的未来充满了成功的渴望和憧憬。

莎士比亚曾经说过：聪明的人永远不会坐在那里为他们的损失而悲伤，却会很高兴地想办法来弥补他们的创伤。我真为这个郓城的小伙子高兴，他能够把痛苦和失败迅速忘掉，能够把自己的眼光放到未来。

这次特殊的采访与讲座给了我巨大的启示，我把这个生动而鲜活的例子充实到我平时讲座的讲稿当中，我想以这个小伙子的例子告诉生活中的人们：在我们的人生当中，犯错误是任何人都难以避免的，人生最重要的，是面对错误和挫折的态度。一个聪明的人，永远不要囿于已经过去的往事，而应该把眼光放到未来。

返璞归真的生活

工业化社会的冲击，让我们已经渐渐远离了真实的生活。当我们坐在混凝土构筑的房间里，随手按一个按钮就可以看电视、购物、洗衣、买机票、炒饭、清洁空气的时候，我们事实上是把自己与真实的世界隔绝了。

我们中间的大多数人，每天陶醉在这日益方便的现代生活里，享受着现代科技带来的方便，却不知道我们已经渐渐失去了对生活的感觉，失去了生活的真实，更失去了往日的自然情怀。

那是多久以前的情景了？我们每天早晨迎着灿烂的阳

光，听着鸟儿美妙的歌唱，背着书包，与伙伴一起去村里的学堂上学。上中学的时候，要去几千米外的镇上，要走很长的一段山路，要越过一条小河，要穿过一片树林。那璀璨的一轮红日，那叽叽喳喳的鸟鸣，山路上薄薄的雾气，小河里潺潺的流水，树林里惊动的野兔，那是永远不会忘记的时光，永远地雕刻在了我们的记忆里，成为我们人生中美丽而曼妙的回忆。

有多少时候，当我们放学以后，太阳就要落山了，我们追逐着它奔跑，我们眺望着旷野尽头它渐渐落下的身影。第二天，我们学一篇课文，老师告诉我们，太阳将要隐入大地的地方，就叫地平线。我们没有丝毫的困难，就立刻明白了地平线的意蕴。

可是今天，我们的孩子再也享受不到这些生活的恩赐了。我们现在已经与自然完全隔绝了。夏天里我们开始因为车辆出行的不便，而抱怨一场大雨；冬天里，我们因为路面的湿滑而抱怨一场久违的大雪。我们似乎已经忘记了，那一场大雨是农民渴盼了很久的甘霖；而一场大雪，则能够保证农民来年的收成。

有多少年没有见到过毫不掩饰的抱头痛哭和无所顾忌的开怀大笑了？我们每一天都把自己小心翼翼地精心伪装起来，不论对谁，都一个语气说话，永远使用没有抑扬顿挫的平缓的声调，没有了歇斯底里的发泄，我们再也没有过去那种在大自然中无拘无束的情怀了。

摩天大楼遮住了明媚的阳光，阻挡了清新的空气，把猎猎的风排挤在九霄云外。我们在城市钢筋混凝土的峡谷里苟延残喘，被防腐剂、人造纤维、化学药品、各种添加剂所包围。我们很多的人居住在远离地气的半空中，再也闻不到花朵的芳香，再也感受不到大地的湿润，再也听不到鸟儿的鸣叫。

我们为自己创造了舒适的世界，但是却又扼杀了自己的感官，扼杀了自己感悟自然的机会，也扼杀了自己作为自然一分子的幸福和快乐。我们与季节分明的生活已经暌违太久了，装有空调的房间和车子，已经让我们远离了生动明媚的春秋冬夏。

眼下我们最需要的是什么？不是金钱和财富，不是房子和车子，是返璞归真的生活，是充满质感的一个个鲜活的实实在在的日子。现在我们要做的，是让我们的孩子到大自然中去，去感受大自然的风雨雷电，去感受大自然的鸟语花香，去欣赏大自然的山川河流。

当你与你的朋友和孩子一起，在辽阔的大自然中纵情嬉戏的时候，你会发现，如果不能与人一起欢笑，那就不是真正的生活，你终于找到了生活的真谛，你在城市里的很多时光，原来都没有意义。

给落水的人一根绳子

对于一个落水的人来说，什么样的帮助才是最好最实际的？是一根绳子。

《庄子》中有一个有趣的故事。庄子家已经贫穷到揭不开锅的地步了，无奈之下，只好硬着头皮到监理河道的官吏监河侯家去借粮。

监河侯是个很实际的人，他知道庄子不过是有些学问却没有什么生活能力的人，借了粮食是没有能力归还的。可是，他又不好当面拒绝，就假装爽快地答应借粮。他说："你是大学问家，我非常愿意帮助你，县里晚些天就给我很多银子，到时候我马上借你三百两银子。"

庄子听了监河侯的话非常生气，他知道这是这个势利小人的托词。他愤然地对监河侯说："我昨天赶路到府上来时，半路突然听见有呼救声。环顾四周不见人影，再观察周围，原来是在干涸的车辙里躺着一条小鱼。"

庄子叹了口气说："它见到我，像遇见救星般向我求救。这条小鱼告诉我，它原来住在东海，不幸随着一场大雨沦落在车辙里，无力自拔，眼看快要干死了。它请求我赶快给它一点水，救救性命。"

监河侯听了庄子的话后，问他是否给了水救助小鱼。

庄子看了看一头雾水的监河侯，冷冷地说："我说，可怜的小鱼，你是一条多么可爱的小鱼啊，我非常愿意帮助你，你耐心等我到南方，劝说吴王和越王，请他们把西江的水引到你这儿来，把你接回东海老家去！"

监河侯对庄子的救助方法感到十分不解："那怎么行呢？等你引来水，小鱼不早就干枯而死了吗？"

"是啊，小鱼听了我的主意，当即气得睁大了眼，说眼下断了水，没有安身之处，只需一桶水就能解困，你说的所谓引水全是空话大话，不等把水引来，你就只能到鱼市上看我成干鱼啦！"

远水解不了近渴，这是生活的常识。不切实际的想法，都是空洞的幻想，结果只能是误国误民。

新加坡的创始人、前总理李光耀非常欣赏庄子的哲学，他信奉的人生哲学就是“实际”二字。他治理国家几十年，从来不喊什么空洞的口号，新加坡在他的领导下，以弹丸之地赢得举世的尊敬，就是得益于他的实用哲学。

他说，我对于空洞的哲学不感兴趣，你可以说我是功利主义者，我只对行得通的办法有兴趣。

在我们的生活中，在我们身边，像庄子所批评的那样的例子是太多了。救助一个落水的人，给他金银财宝，不如给他一根普通的绳子。已经饿了很多天的人，让他等有了黄粱米饭和山珍海味再吃，他的生命肯定已经一命呜呼。

大话空话都是误国误民的假话，治理一个国家要切合实际，一个人做事也必须切合实际，不能好高骛远，这样一切才会水到渠成。

给人足够的尊重

尊重他人，尊重对手，不仅仅是一种素养，也是一种高超的技巧。在上下级之间的谈话中，或者在商业对手之间的谈判中，很多时候，现场气氛被不恰当的话语方式搞得剑拔弩张。其实，原因很简单，是因为你没有给对方足够的尊重；如果你在谈话开始之前，首先想到给予对方足够的尊重，你会发现，结果完全是另外一个样子。

一个成功的企业家曾经这样说：我从来不记得对谁命令过什么，我总是用建议的语气提醒对方，从没说过“做”或

“不做”，也没说过“要”或“不要”，无论对商业对手还是下级，我说的最多的是“你可以考虑一下……”“你认为……”之类的话。在看助手写的文件时，我总是这样说：“这句话这样写，你觉得会不会好一点呢？”口述文件时，秘书在旁边做记录，我就经常会问：“你觉得这样说怎么样？”我总是让助手们觉得，自己很受信任，可以放手按自己的意愿做事。我从来不批评自己的助手们，也不干涉他们，即使他们偶尔也有过错，也会让他们自己吸取教训并自己改进。

这样做的结果是，别人轻松地就改掉了自己的错误，而且心灵没有受到伤害。因此，在与他共事的过程中，助手们感觉到自己是很重要的，都乐意与他合作，大家都从心里面接受他。

“哪怕是长者，用粗暴的态度和人交流，不管他是否是善意地纠正别人的错误，都会引起他人的愤怒。”心理学家辛德勒这样告诫人们。

在南非的约翰内斯堡有一家小工厂，经理是迈克。这天他收到了一张很大的订单。他觉得，要是按照正常的生产能力，根本不可能在规定的日期内完成，但他还是接下了这张订单。

他并没有催大家快点赶完这份订单，而是把大家召集起来，告诉大家具体情况及这张订单对工厂和大家的意义。他很诚恳地问工人们这样一些问题：

“我们需要什么方法来完成这订单？”

“有谁能指出更好的方法？”

“该怎样合理安排我们的工作时间和工作程序呢？”

经理充分尊重工人们的态度，让大家十分感动，每一个人都感觉到了作为一个企业主人翁的尊严。对于这张大订单，工人们首先表示对接这个单子的肯定，然后就如何完成订单都提出了自己很好的建议。由于大家都觉得这是自己义不容辞的责任，所以在工作中都表现得十分积极，加班加点，夜以继日地努力工作。最后，他们都如期完成了自己承担的工作，使这张订单如期完成，给企业带来了巨大的利润。

这样的情况其实在我们的生活中无处不在，因为我们几乎每一天都在与人打交道，上级、下级、对手、家人和朋友等等。无论与谁打交道，如果我们总是牢记尊重对方，给人以足够的尊敬，不伤害别人的自尊心，尽量使用建议或请教的语气，那么，我们的生活就一定是阳光一片。

好高骛远的人是不会成功的

总是有很多的读者在问我这样的问题：我也一直在努力，为什么还是不能成功？我应该怎么努力才能够把理想变为现实？最近甚至有一个中年朋友也在困惑：是不是自己走的路不对呢？不然，为什么二十年过去了，自己依然在成功的门外徘徊？

1871 年的春天，英国蒙特瑞综合医科学校的学生威廉斯勒，也对自己人生中的问题感到很困惑。他不明白应该怎么处理远大的理想和具体的身边小事的关系，一个人应该有什么样的做事态度才能成功。他渴望成功，但对手边的小事又觉得没有什么意义。他甚至以为现在的学校生活枯燥乏味，没什么值得去用心的。因而他的成绩也每况愈下。他找他的老师探讨这些困难的人生问题。他的老师推荐他阅读哲学家卡莱里写的一本哲学启蒙读物。老师说，他的书里或许有答案帮助你解决问题。

威廉斯勒是一个意志很坚定的青年，他一向不崇拜大人物，更不相信所谓的名人名言，对许多问题一向有自己的独到见解。但既然是老师推荐的，他想或许真的有用，于是拿过书漫不经心地浏览起来。

突然间，书中的一句话让他眼前一亮："最重要的，就是不要去看远方模糊的东西，而是要做手边最具体的事情。"他恍然大悟，是啊，不论多么远大的理想，都需要一步步去实现啊！不论多么浩大的工程，都需要一砖一瓦垒起来啊！

他想明白了，他的困惑解决了，他终于找到了人生的答案。他知道，那些远大的理想，应该让它们高悬在未来的天空里，最紧要的，是把自己手边的每一件具体的事情做好。

也就是从那一天开始，1871年春天的一个下午，年轻的威廉斯勒开始埋头读书，因为他知道这是他目前最紧要的事情，他要把自己的成绩提高上去。半个学期以后，威廉斯勒就一跃成为整个学校最优秀的学生。

两年以后，威廉斯勒以全校最优异的成绩毕业。毕业后他来到一家医院做医生，他认真对待每一位患者，对每一次出诊都一丝不苟。兢兢业业的态度和精益求精的精神，使他很快成为当地的名医。

几年以后，他创办了约翰·霍普金斯学院。他把自己的人生态度贯彻到每一个细节里。许多专家学者慕名来到他的学院工作，使他的学院很快成为英国乃至世界最知名的医学院。

事实上，仔细研究那些成功者的人生轨迹，你一定能够发现，他们都是些十分务实的人，他们有远大的人生目标，他们每天都在一步一步地扎实地向着自己的目标努力，他们的人生词典里没有犹豫，没有彷徨，更没有朝三暮四的空想。

一个人应该有远大的理想，没有理想就会迷失方向。但是，要实现理想，就必须踏踏实实地从手边的事情做起，不能好高骛远。因为，手边的每一件小事才是你理想大厦的一砖一瓦，好高骛远的空想不过是空中楼阁。

孙道荣

安徽人，现居杭州。主任编辑，浙江省作家协会会员，浙江省杂文学会理事，《读者》《青年文摘》《经典》等期刊签约作家。已出版《你有多重要》《约好了春天开花》等个人作品集八部。

半途而悔

单位组织旅游，景区里有一座山，导游说，山顶有一个绝佳的观景台，可以一览景区全貌，但山路有点陡峭，会比较辛苦，愿意爬的人，就和他一起登山，不愿意的人，可以就在山下的景点随便转转。辗转了几百千米来到这里，就是为了看景的，当然要攀登上去，除了几个年龄大体质弱的老同事外，其他人在互相鼓动下，都跟着导游上山。

一路欢声笑语。爬到半山腰，山路骤然变窄，一侧是峭壁，一侧是断崖，崎岖而险峻。个个气喘吁吁，面色凝重。抬头仰望面前看不到尽头的陡峭山路，几个同事开始后悔了，早知道山路这么艰难，就不爬了，有人打起了退堂鼓。都已经爬到半山腰了，咬咬牙，就爬到山顶了，在众人的勉励下，后悔的几个同事发生了分化，有的咬着嘴唇，表示继续攀爬，另外两个同事则坚决不肯再往上爬了，两人掉头而返。

总算攀上了山顶。站在最高的山岩上，往下俯瞰，整个景区云雾袅绕，恍如仙境，与我们在山下所见，迥然有异。山风吹在脸上，更是宛若仙人拂面，清凉惬意之极。几个在半山腰还后悔的同事，显得比其他人更激动，差一点就错过了这绝佳的风景，要是真的半途而返，这一趟就算白来了。

回到山下，两个半途下山的同事，与几个坚持上山的同事再次相遇，双方互相调侃，说出的话竟然都是“你们后悔了吧？”半路下山的同事，认为爬到山顶的同事，一定后悔没有和他们一起下山，爬得又累又险；而坚持爬到山顶的同事，认为他们半途而废，遗憾没能看到美妙的风景。

很多时候，只要坚定信念坚持到底，你就会成功地站在巅峰，看到不一样的景致，并庆幸自己没有因为半途的悔意，而动摇放弃。

我有个同学，在几个朋友的撺掇游说下，辞去了公职，合伙办了一家当时前景看好的外贸公司。几个人利用各自原有的人脉优势，一度将生意做得很红火，几个人又追加资本，以求将雪球滚得更大。孰料好景不长，就在公司稳步发展的时候，恰遇重创全球经济的金融危机，外贸出口一落千丈，他们的生意也跟着遭遇滑铁卢，订单越来越少，眼见着公司就要维持不下去了。这时候，同学开始后悔了，后悔自己当初听了他们的话，贸然辞职；后悔选择了这个利润和风险都很大的外贸生意；后悔将自己的全部家当，都追加了进来……总之，看着眼前的颓势，同学的肠子都悔青了。于是，同学萌生了退意，几个合伙人轮番劝说，分析形势，晓以利害，认为只要再咬咬牙，顶过这段困难时期，世界经济必然复苏，外贸生意也必将迎来第二个春天。然而，同学去意已决，断然抽身，用剩余的资金，开了一家小卖部，艰难度日。谁知道第二年，各国刺激经济计划显露成效，全球经济开始复苏，外贸订单像雪片一样飘来，同学原来参股的外贸公司乘势而上，很快扭转颓局，创造了一个又一个市场神话。这一次，我的仍然守着小店过日子的同学，又一次悔青了肠子。

还有一个更极端的例子。我的一个远房侄子，大学毕业之后，没有去找工作，而是全力以赴考研，第一年，没考取，第二年又差了几分而名落孙山，眼看第三年了，何去何从？这时候，和他一起毕业的同学，有的早考取了公务员，有的已做了企业白领，有的虽然在小私企但已经升了职，自感一事无成的他，忽然后悔自己考研的选择，如果也一毕业就参加各种招考的话，说不定自己现在也是某个机关的公务员了。想到这，他决定放弃考研的梦想。通过父亲的关系，他进了一家单位，过上了朝九晚五的稳定生活。几年之后，当初和他一样，几次考研失败的同学，最终都考取了理想的学校，有的后来还考上了名校的博士，发表了几篇很有分量的论文。这时候，他又后悔了，后悔自己当初怎么就没有恒心，如果也像他们一样坚持，自己也一定能考上研究生的。然而，重走考研路，他已经没有信心了，他决定另辟新路，辞掉工作，自己开一家网店，只要生意做大了，钱挣得足够多，一样有面子。进了这一行才发觉，网店太多，生意根本不像自己想象的那么好做，几年下来，只是勉强维持。回头再一看，自己原来单位的几个小同事，通过竞争上岗，竟然一个个都走上了中层管理岗位，成了干部。这一次，他又后悔了，要是坚持在那家单位上班，无论是凭自己的能力还是资历，他都不会输给他们。

一次次的半途后悔，一次次的半途而退，使我的这位远房侄子，一次次陷入迷茫和无措的境地。我知道，不管他选择什么，如果不能坚持，下一次的后悔，一定已经在半路等着他。

半途而悔，不能坚持，是很多失败的根源。除非走到一半，发现这是一条死胡同，断头路，否则，永远不要在半路上后悔。任何一次半途后悔，其结果都必然是半途而废，而那将会令你后悔一生。

本能的变异

朋友的孩子在外地读大学，一日朋友收到自称儿子的人发来的一条短信，大意是手机和钱包都被盗了，这是借用同学的手机发的短信，让他立即汇款若干至某账号。朋友一看短信，第一个反应是遇到了骗子，报纸上这样的骗局看多了，朋友自然不会上当。朋友还不忘也忽悠对方一下，回短信说钱已汇出，请查收云云。这事就算过去了。晚上，忽然接到儿子的电话，儿子生气地问，等了一下午，怎么钱还没到账？朋友傻眼了，原来还真是儿子发来的短信。

照理说，接到儿子的求助短信，一位父亲本能的反应，应该是问问儿子遇到了什么问题，需要什么帮助，及时向儿子伸出援助之手才对。为什么我的这位朋友，本能的反应却是遭遇了骗子？并非朋友过于敏感，警惕过度，而是因为现在的骗局，实在是太多太多了，以致人们本能地怀疑一切。

这些年，人的本能也在随着社会的变化，发生巨大的变异。以一对成年父子为例，他们对一些事情的本能反应，就会迥然不同。

遇到乞丐。父亲本能地想，这个人真可怜，他的家乡一定发生了天灾，或者家里遭遇了重大变故，他才不得不流浪在外，低声下气，乞讨为生啊。于是，并不富裕的父亲会抓一把米，或者从鸡窝里掏一只鸡蛋，送给他。儿子则本能地想，这个人一定是装穷，以博取别人的同情，从而不劳而获。因此，儿子嗤之以鼻，不屑地将乞丐打发走。

单位里有人提拔了。父亲本能地想，这个人一直勤勤恳恳，任劳任怨，为单位做出了那么多贡献，能力既强，水平也高，人缘又好，早该提拔重用了。儿子则本能地想，这个人一定有什么背景，只是一直深藏不露而已，或者一定是偷偷给领导送礼行贿了，不然这种好事怎么会单单轮到他？

路人摔倒了。父亲本能地想，这个人也许是身体不好，也许是不小心发生了什么意外，他会不会摔伤了啊？于是，父亲赶紧本能地伸出一只手，拉摔倒的人一把。儿子则本能地想，这个人岁数这么大了，为什么会突然在我面前摔倒，该不会是要讹诈我吧？不行，我得赶紧绕开，免得惹一身麻烦。

听说一个女艺人火了。父亲本能地想，这女娃一定吃了不少苦，流了不少汗，遭了不少罪，才取得了今天的骄人成绩，哪个人能随随便便成功啊。儿子则本能地想，是一脱成名的吧？要不就是被导演潜规则了，要不就是家里特别有钱，花重金包装的。凭自己的努力？怎么可能？！

有人行善。父亲本能地想，人世间，还是好人多啊。儿子则本能地想，又在作秀、炒作了。有人寻求帮助。父亲本能地想，出门在外，谁没有遇到过难处啊。儿子则本能地想，又遇到了一个骗子。有人敲门。父亲本能地想，家里又有客人来了，真好。儿子则本能地想，别是小偷来踩点的吧？有人送上微笑。父亲本能地想，友好相处，人人都是朋友。儿子则本能地想，皮笑肉不笑，一定别有用心……

本能反应，是一个人内心最真实的想法，也是对现实生活的直观感受和条件反射，在什么样的背景、氛围、条件中生活，就会产生什么样的本能反应。当自私、对抗、怀疑、拒绝、恐惧的本能多了，爱的本能、与人为善的本能、保护弱者的本能、信任的本能，就会越来越弱，越来越淡，越来越少。

本能乃本性。本性向善，则人的本能反应就一定是积极的，健康的，向上的。一个人，在任何情况下，能不失本性，不迷本能，这一点很重要。

对你说“不”的朋友

一位做企业的朋友，邀请我们一帮人聚聚。推杯换盏之后，朋友说出了聚会的用意，他最近要上一个新项目，请大家帮他出出主意。听了朋友的介绍后，大家只是跟着附和，说一些恭维和祝贺的话。大家都心知肚明，这么大一个项目，朋友恐怕早拿定主意了，所谓让我们帮忙出主意，只不过是客套话而已。没想到，有个人还真当了真，在详细问明了项目情况后，他连连摇头，认为这是一个被淘汰的夕阳项目，没有什么前景，最关键的问题是，它还是一个重污染的项目，如果上马的话，会对周边的环境构成很大的威胁。最后，他语气坚定地对朋友说，这个项目绝对上不得，否则，你会成为被人唾弃的无良商人。

朋友的脸色，由红而白，由白而青，由青而紫。餐桌上的气氛，也一下子变得紧张起来。大家都有点责怪他，朋友难得聚会一次，你吃好喝好，不就结了，说那么多干什么？再说，你讲得口干舌燥，人家也未必听得进去，还弄得气氛尴尬。

聚会结束后，朋友将我们送到楼下，一一握手告别。最后是那位摇头的朋友。朋友重重地拍拍他的肩膀：你的意见我会认真考虑，谢谢你的坦诚和忠告。

后来，朋友的那个项目，还真没上。没上的一个重要原因，就是那位摇头的朋友对他说的那番话。朋友说，这些年，随着生意越做越大，身边的人，包括以前的朋友，都习惯了对自己点头、附和，对他的每一句话，都是言听计从，毕恭毕敬，很少有人敢于否定他的决定。朋友感慨，如今对自己说“不”的人，越来越少了，这其实是一个很危险的信号。

朋友算是个成功人士，他的身边，总是前呼后拥，围着各种各样各怀目的的人，慑于他的威严，身边的人，自然很少会有人对他说“不”。朋友的感慨和担忧不无道理，当一个人处于一片附和声中时，你很可能会丧失正确的判断，迷失方向。有时候，我们缺少的不是说“是”的朋友，而是敢于和乐于对你说“不”的朋友。

我有一个同学，被提拔为一家单位的头头后，成了单位的一支笔，有签单大权，所以，他经常会邀请一些老同学聚会，然后，大笔一挥，签单了事。经常有“免费的午餐”吃，大家似乎都乐于有这样一个“慷慨”的同学，都夸这位领导同学有本事。可是，偏有个同学一点不给面子，直截了当地在酒桌上对那位领导同学说“不”，认为他不该这样做，今天敢签单请私宴，明天就敢中饱私囊。领导同学气得直哼哼，别的同学也认为这位同学太煞风景。此后，领导同学再请客，总是有意无意地忘记那位同学。几年之后，在单位办公楼改造时，领导同学因收受承包商的好处而事发，锒铛入狱，可惜悔之晚矣。

说“不”，往往会得罪人，伤感情，但是，这个“不”，有时候恰如一盆凉水，可以使你发热的头脑清醒，恢复和保持理智。对你说“不”的人，并非只是对手和敌人，有时候，说“不”的那个人，恰恰可能是你难得的诤友。多少错误，是本可以制止的；多少遗憾，是本可以减少的；多少悲剧，是本可以避免的；但却发生了，往往只是因为没有一个人，在你膨胀的时候，得意忘形的时候，走向极端的时候，对你大声地说“不”！

说“不”，不一定是拒绝、否定，也未必是推卸、推诿，而是温暖的提醒，善意的警示，是走错方向时喊你回头，是暗藏危险时拉你一把。在你的朋友圈中，有没有这样一位对你说“不”的朋友？他的每一个“不”，都值得你深思，反省，并好好珍惜。

改变世界的力量

儿子让他去城里住几天。儿子大学毕业之后，在城里找了工作，谈了女朋友，结了婚，现在，总算也买了属于自己的房子，这都是儿子自己努力的结果，他这个当爹的，基本上没帮上什么忙，除了当年供他上学之外。听说这几年城里的房子贼贵，一个卫生间，就远远超过他家四间大瓦房的钱，换句话说，即使他和老伴将乡下的老宅卖了，连给儿子买个厕所都不够。

城里他也是待过的，那还是十多年前的事了。那时候，儿子刚考上大学，这可是整个村庄的骄傲。可是，高昂的学费，让他犯了难，靠土疙瘩里抠点钱，根本担负不起。不得已，他也进城了，加入了农民工大军。他没文化，又没技术，只能找最脏最苦最累的活干，他扫过马路，帮人家看过仓库，做过扛包的苦力，在毒日头下挖过一个个坑，汗流浃背地踩过三轮车，最后，一个做包工头的老乡，将他领了过去，在老乡的施工队里做小工。老乡的施工队，盖了一幢又一幢楼房，眼看着一片片光秃秃的土地上，竖起一幢幢漂亮的房子，他眼睛都看直了，城里的房子可真漂亮啊。工友们见他看傻了的样子，跟他逗乐取笑，你也给儿子先买一套吧，这样，儿子将来毕业了留在城里，就算有个根了。他嘿嘿干笑几声，就他那点工钱，勉强供儿子上学用，年底了，连回家的路费，往往都得跟工友借，在城里买房子？下辈子吧。

还是儿子有出息，工作才五六年，就在城里买了房子，虽说房子很小，又破旧，是十几年前的老房子，听说还向银行贷了一大笔款，但到底在城里有了自己的窝，而且，人家银行肯将钱借给你，凭什么？说明你可信，有能耐，能还得起。他想，儿子在城里，这就算真正站住脚了。不像自己，虽然也在城里流血流汗打拼了三五年，可是连个小小的印记都没留下。谁知道你也在这个城里生活了几年呢？施工队盖过那么多房子，但他不是瓦工，没砌过一块砖；不是木工，没刨过一根木；不是电工，没拉过一根电线……他只是个小工，搬来运去，扛东递西，几乎每一颗黄沙，每一粒水泥，每一块板材上，可能都留下过他的汗水，但仅凭这一点，就认为楼房是自己盖的，他可不好意思说。儿子大学毕业后，他就拖着疲惫的身子，回到了乡下，他太累了，身子骨已经不行了，而且，他也实在放不下地里的庄稼，圈里的牲口，还有厨房里的老伴。

又要进城了，这让他有点激动。他不知道，好多年过去了，城里变成什么样了？十几年前，新盖的楼房，高大的脚手架，睡过的低矮的工棚，黑乎乎的饭盒子……排着队从他面前闪过。忽然，有一抹浅浅的绿色，一闪而过。那么绿，那么翠，那么嫩。他想啊想啊，终于想起来了。对了，就是它，爬山虎。那天，在杂乱的工地上，他发现了一株爬山虎的幼苗，从一堆建筑材料中探出了几片嫩芽。他认得它，乡下到处都能见到它的影子，如果是在庄稼地里见到它，它会毫不犹豫地将它连根拔起，扔掉。可是，现在是在城里，在到处是砖头水泥和钢筋的建筑工地上，这一抹绿，显得那么无辜，那么脆弱，也那么好看。他弯下腰，小心翼翼地将它连同边上的泥土，一起挖了起来。然后，他找到一幢刚竣工的楼房墙角，将碎砖碎瓦扒开，种了下去，并从工棚后面，为它弄来了几捧泥土，覆盖在它的周围。种下爬山虎不久，他们就搬到了另一个工地去施工了，他也慢慢忘记了它。不知道为什么会突然又想起它，也许那是在他看来，唯一带给这个城市的改变吧。这么多年过去了，那株当年的爬山虎，也许早枯死了，或者什么时候被人当作野草拔除掉了。

儿子在车站接到他，然后一起坐公交车，回儿子的家。城里的变化太大了，他完全认不得它了。

辗转来到儿子住的小区。是个老小区，房子都有点破旧了，很多房子的外墙，变得斑驳，与周边的新小区相比，显得有点寒酸。模模糊糊有点印象，但他不能确定，当年他们有没有在这个小区施工过。

儿子的家在二楼。只有一个房间，一个客厅，客厅还正对着另一幢楼的外墙。儿子没有足够的钱，买面积大一点，朝向好一点的房子。他拉开客厅的窗帘，突然怔住了，只见对面那幢楼的墙壁上，爬满了爬山虎，从儿子家客厅的窗户望过去，郁郁葱葱，就像一片绿色的海洋。

他问儿子，对面墙上的爬山虎，是谁栽种的？儿子回答，听老邻居说，那幢房子刚交付时，就有了，也许是飞来的种子扎了根，也许是有人无意间种下的。也没人特别在意它，十几年下来，就爬满整面墙了。

他的眼睛，忽然有点涩，有点湿，有点热。他揉揉自己的眼睛，他不能确定，它就是自己种下的那株爬山虎，但他想，不管是谁种下的，它改变了一面墙，也改变了这个世界。

横穿英吉利海峡的方法

每天，都有数以千万计的人，来回穿梭在英吉利海峡的上空、水面和海底隧道，不过，这几天，横穿英吉利海峡的人群当中，数十七岁的英国男孩爱德华最为抢眼，因为他既不是乘飞机，也不是坐轮船或者汽车，而是靠一块普通的冲浪板，采用花式滑水的方式，成功越过英吉利海峡的。他因此入选吉尼斯纪录，名称为“最快使用花式滑水越过英吉利海峡者”。

爱德华不是第一个用非常规的方式，成功横穿英吉利海峡的。事实上，数百年来，不断有人，用常人想都不敢想的怪异办法，穿越英吉利海峡。

有人是这样从空中飞越英吉利海峡的——

1785 年 1 月 7 日，法国发明家和热气球飞行先驱让－皮埃尔·布兰查德和美国人约翰·杰弗里斯，第一次靠乘坐热气球成功飞越了英吉利海峡。法国国王路易十六因此奖励给了布兰查德一笔丰厚的养老金。

1979 年 6 月 12 日，美国自行车健将布赖恩·艾伦，骑着一架“人力飞机”成功飞越了英吉利海峡。这架名叫“蝉翼信天翁”的人力飞机，它上面的两片大螺旋桨不是由发动机驱动，而是由飞行员像踩自行车一样靠脚力驱动。由于“飞行员”布赖恩的脚力有限，飞机的平均时速只有十八英里，距离海平面的平均高度只有 1.5 米，它几乎是贴着海面飞过去的。

这不算什么。2003 年 7 月 31 日，奥地利“鸟人”菲利克斯·鲍加特纳先乘坐飞机抵达英国多佛港口上空九千米的高空，然后他跳出飞机，凭借身上穿的翼展 1.8 米的“飞行翼”展开滑翔飞向法国海岸。六分钟后，他飞到法国海滨城市加莱附近的高空时，打开降落伞安全降落，鲍加特纳也因此成了世界上第一个靠“飞行翼”飞越英吉利海峡的人。

这也不算什么，比“鸟人”鲍加特纳更牛的大有人在。2010 年 5 月 28 日，美国三十七岁的气球探险家乔纳森·特拉普效仿好莱坞动画片《飞屋环游记》中的情节，坐着一张系在一大堆氦气球下的办公椅，成功飞越了英吉利海峡，降落到了法国北部的一块菜田中。就在乔纳森·特拉普完成壮举两个月之后的 7 月 31 日，八十九岁的英国老翁汤姆·莱吉，威风凛凛地站在一架产于 20 世纪 40 年代的特技飞机机翼上，飞越英吉利海峡。

除了不断翻着花样从空中飞越英吉利海峡，还有很多人尝试着用各种各样的方法，从水中横渡英吉利海峡——

1875 年 8 月 25 日，英国男子马休·威伯在不借助任何人造物品的情况下，单靠游泳的方式，耗时 21 小时 45 分钟，成功游过英吉利海峡，成了历史上第一个游过英吉利海峡的人。2010 年 8 月 10 日，六十四岁的澳大利亚妇女欧德翰游泳横越英吉利海峡，成为徒手游过英吉利海峡最年长的妇女。2001 年 7 月 30 日，张健实现横渡英吉利海峡的伟大壮举，并成为第一位只身横渡英吉利海峡的中国人。2005 年 8 月 23 日，三十三岁的希拉里·李斯特，一位只能够摇动头、眼睛和嘴巴的残疾妇女，凭着严重残疾之躯，创造了一个奇迹，仅靠“呼吸”就独自驾驶帆船成功闯过了英吉利海峡，创造四肢瘫痪者孤身一人航行距离的新纪录。2007 年 5 月 15 日，英国喜剧演员蒂姆·菲茨希海姆竟乘坐一只浴缸，耗时 9 小时 6 分钟划过了波涛汹涌的英吉利海峡。

还有人试图这样横穿英吉利海峡：两名英国人，用羊粪造出了纸，然后，用这种纸做出了一个独木舟，并准备划着它，横渡英吉利海峡；一名荷兰人，用一千五百万个棒冰的棍子，做成了一条小船，他意欲驾驶它越过英吉利海峡……

还有什么方法可以穿越浩瀚的英吉利海峡吗？一定会有的，也一定会有人尝试着用出乎我们意料的方法，横穿英吉利海峡。长 560 千米、宽 240 千米的英吉利海峡，像一只袖子一样，将英伦三岛和欧洲大陆分割开来，千百年来，跨越英吉利海峡，成了一代又一代人的梦想。1994 年 5 月 6 日，耗时七年之久的英吉利海峡隧道贯通，滔滔沧海变通途。如今，人们可以轻松地驾车一个小时，就从海底穿过英吉利海峡。不过，这并不能阻止人们，采用各种怪招，横穿英吉利海峡。因为，每一个试图依靠自己的智慧和力量，穿越英吉利海峡的人，都有一颗坚强、勇敢、探索、挑战以及飞翔的心。

颈椎病的非医学因素

颈椎不适，朋友介绍了一位老郎中。闹市深巷寻得。望闻问切一番后，老先生忽然一声长叹，今颈椎病多矣，而致病原因知之者少。

愿闻其详。

老先生将目光从窗外收回来，说，人多从医学角度寻找颈椎致病原因，而鲜有关注非医学因素，此恰是很多颈椎毛病的病根所在啊——

今天的人，低头多了，抬头少了。多少人，只顾着脚下的路，却很少抬头仰望高空。一年之中，大部分人抬头看天的时间，不足一个小时，甚至很久压根就没有抬过头了。星空、白云、飞翔的鸟，那些高空中的景象，早已和梦想一样，成为久远的记忆。低头多了，于是，颈椎弯了。

今天的人，看近的多了，望远的少了。信息化时代，咫尺天涯，一切仿佛都近在眼前，人们也更加乐意关注当下的事情，眼前的利益。我们身边，有多少人多久没有眺望过地平线了？地平线的后面，那是我们曾经多么神往的地方啊。现在我们看到的，往往是城际线，太阳早已升到半空了，我们还被挡在高楼的影子里。我们的目光，被掖在了裤腰带里。近处看多了，于是，颈椎变形了。

今天的人，哈腰的时候多了，挺胸的时候少了。权贵面前，势力面前，诱惑面前，美色面前，利益面前，人们习惯了弯下他们的腰杆，而忘却了，他们的胸脯，和他们的灵魂一样，本应该是高高地挺立的。哈腰多了，于是，颈椎曲了。

今天的人，点头的多了，摇头的少了。开会的时候，对领导的讲话，皆点头如小鸡啄米，很少能看到有人摇头，更难得听到反对的声音；讨论的时候，对专家的发言，无不俯首称是，鲜有不同的意见；表决的时候，你点头，我也点头，众皆点头，蔚为壮观。当点头成为一个习惯性动作，于是，颈椎也不可避免地习惯性下垂。

今天的人，东倒西歪的时候多了，挺拔威仪的时候少了。很多人，坐没坐相，站没站相，睡没睡相，走没走相，吃没吃相。懒散，颓废，萎靡，不振，是常态。没有纪律，不被约束，放任自流，于是，颈椎也跟着扭曲，变形。

老先生摇摇头，无奈地感叹，还有很多非医学因素，导致人们的颈椎，越来越硬，越来越僵化，也越来越脆弱。今天的人，静的时候多了，动的时候少了；动心思的多了，动身子的少了；身上的赘肉多了，骨头见不着了；枕头越来越高了，梦想越来越矮了；床越来越软了，心思越来越硬了；脾气越来越大了，骨气越来越少了；忍气吞声的时候多了，扬眉吐气的时候少了……这些，都是导致颈椎畸形的原因啊。

听老郎中所言，如醍醐灌顶。惊问良策。

老先生将目光幽幽地投向窗外，人流、车流，滚滚向前。叹曰：颈椎乃人的顶梁柱，岂可小觑，岂能玩睨？岂敢不正？治颈椎顽疾，必先正情怀，壮元气，扩胸襟，一言以蔽之，无他，六字耳：挺胸，抬头，望远。

挺胸，抬头，望远。这不也应该是人生的境界吗？

力争第二

朋友是个成功的商人。通过十几年的努力，朋友将一家只有几十人的小企业，发展成上千号人的一个优秀团队。

朋友又是个失败的商人。早在几年前，他的企业就已经是这座城市的第二大企业，几年过去了，不断有一些后来者跃居第一的交椅，唯独他的企业总处在第二的位置。他从没有做过第一。在这个英雄辈出的年代，一个从未做过龙头老大的商人，在精英们的圈子里，就是一个失败的商人。

他似乎很乐于第二这个位置，在所有的大企业都努力争冠的时候，他却把他的目标锁定在了第二。他向他的团队提出的口号就是：力争第二。这让他的高管层如入云雾，更让他的竞争对手们大跌眼镜。他因此被认为是一个知足常乐缺乏开拓进取精神的商人。他一笑了之。

他是一个谜。有一天，他邀我喝茶时，我们聊起了这个敏感的话题。

“你的企业已经具备夺冠的实力，为什么一直不冲顶？是你缺乏信心吗？”

“你看过马拉松比赛吗？”朋友却笑着扯开了话题。

“看过，但这与我的问题有什么关系？”

“那么，你有没有注意到一个现象，起跑时就跑在第一的，往往很快就会被拉下，而最后的冠军，开始的时候往往都在第二梯队？”

“这倒确是长跑运动中的一个有趣现象，也是真正优秀的长跑运动员常用的一个战术。”我有点茅塞顿开，“这是不是意味着，你是从企业长远目标考虑才制定了这个‘力争第二’的发展战略？”

“是的。我们这样的企业，和真正的大型企业相比，还很脆弱。无论我这个老二，还是所谓的第一，都还处于起跑阶段。前面的路都还很漫长。”朋友呷了一口茶，“考你一个脑筋急转弯，跑步比赛时，追上了第二，你是第几？”

“第一啊。”我不假思索地回答。

“错了，是第二。”我想了想，不好意思，还真是第二。“那么，原来的第二名呢，就成了第三。所以说，其实，力争和保持第二，也很不容易啊。”朋友叹了口气，继续说，“这些年，我甘做第二，就是要给自己留一个目标。你看看，他们做第一的，往往都很短命，有的不到半年，就沦落到第三梯队去了。为什么？缺少竞争对手，得意了，松懈了，麻木了。而我做老二，前有标兵，后有追兵，既有动力，更有压力，所以，即使是第二，也要力争，一点也不敢松懈啊！”

没想到，朋友这个看起来中庸的战略，还有这么深层的含义。“但我还有一点不明白，老是处于第二的位置，不是停滞不前了吗？”

朋友哈哈大笑：“你又错了。虽然一直是第二，但我的产值和利润，这些年却翻了近十番。为什么？我这个第二，就像一个标杆，你想得第一，就必须超过我；而我要保持第二，也必须不断进步。这就叫水涨船高啊！”

朋友的一席话，使我醍醐灌顶。力争第二，也是人生的大智慧啊。

杨福成

1973年5月生于山东宁阳，1996年毕业于山东艺术学院，2013年结业于中国艺术研究院中国书法院。现为《读者》《格言》《百花园》签约作家，《齐鲁晚报》专栏作家，作品曾入选中考试卷、高中语文必修教材等。

把心态放平

与朋友一起吃饭，要了一道鲅鱼炖粉皮。菜做得很好，可就是吃起来麻烦。

粉皮躺在盘子里，粉嘟嘟的很诱人，大家都喜欢吃，但要想“抓”住它，实在是太难了。

用筷子轻轻地夹，不行，它跑；用筷子使劲夹，不行，它还是跑；用筷子和勺子一块“逮”它，刚放到嘴边，“哧溜”一下，不仅没吃到肚里，汤却溅了一身……折腾了一阵子，劳而无功，许多人都没了脾气，只好放弃它去夹别的菜。

只有一位朋友不同，他的筷子上就像抹了一层黏胶，一盘粉皮，不论大块小块，想夹哪块就夹哪块，让大家很是羡慕。

看大家惊奇的样子，这位朋友说：“很早以前，我家就做粉皮，对于怎么夹粉皮，我有绝招。”

“什么绝招？”一听说夹粉皮也有秘诀，大家不自觉停了筷子，异口同声地问。

“其实啊，这绝招很简单，那就是把筷子放平。”这位朋友拿起筷子，伸进盘子里，夹住粉皮，放平，轻轻抬起后说：“你们看，这不很简单吗？我们平时夹菜，都是一头高一头低，这样粉皮肯定会往下滑的。你们都试试看。”

听他说完，大家模仿着他，把筷子伸进盘子里，夹住粉皮，放平，抬起，果然，每个人都能把粉皮牢牢地夹住并放到嘴里。

多么简单的道理啊！若把心态放平，人生又会如何呢？

老百姓把心态放平了，就会少一些烦恼；商人把心态放平了，就会添一分儒雅；当官的把心态放平了，就会多一分坦然；教师把心态放平了，就会生一片芬芳……

然而遗憾的是，世人多烦忧，究其原因，是因为你的心不静。

把筷子放平了，能有好吃的；把心态放平了，会有好人生。

幸福的一部分

女孩很漂亮，但不妙的是，她的手背上长了一块胎记。

胎记随着年龄的增长，越变越大。女孩很是自卑，天天遮掩着，不敢示人。

二十多岁，到了谈婚论嫁的时候了，好心人给她介绍了几个男朋友，但都因为她“遮遮掩掩”这个小毛病，被人怀疑精神不好，无一能成。

女孩是幼儿园的老师，有一天下课，她在收拾教具的时候，不小心让园长发现了这块胎记。

女孩感觉很不好意思，赶紧用袖子遮挡起来。

园长看透了女孩的心思，微笑着对她说：“来，把手伸过来，让我看看。”

女孩没有办法，羞涩地将手伸到了园长的面前。

园长抚摸着女孩的手，仔细地看了看这块胎记，赞叹说:“哟，你这可是一块幸福的胎记啊！”

女孩不明白园长的意思，疑惑地问:“手上长了这么难看的胎记，怎么会幸福呢？”

园长轻轻地摇了摇头，仍然微笑着说:“你想啊，如果这块胎记长到了你的脸上呢？”

听园长这么一说，女孩脸上的疑云马上散去，会心地笑着说:“是啊，我很幸福！”

从此以后，女孩不再遮遮掩掩，变得开朗起来。

给孩子们上课的时候，她也不像以前那样把手缩在长长的袖筒里，而是挽起了袖子，和孩子们一起做游戏。

当有孩子没轻没重地不小心碰疼她的时候，她就会把那只带有胎记的手伸到孩子的面前，怪模怪样地吓唬说:“你看你看，这么不小心，都把老师的手碰红了！”

不久，就有一位小伙子看上了她，当他牵着她的手问那块胎记是怎么回事的时候，女孩笑着说:“这是专门给你留的一个记号，当我走丢了的时候，无论过去多少年，我变得多么丑，你都能凭它找到我。”

……

俗话说，“金无足赤，人无完人”，在我们每个人的身上或者心间，都会有一块或者几块这样的胎记，不要再为它而伤心自卑，因为，它也是我们幸福的一部分。

不急不躁

“不急不躁”，突然就喜欢上了这几个字，突然就感觉，这是多么惬意的一种状态。

记得我在上大学的时候，经常看到著名画家于希宁在操场上倒着行走的身影，这不禁让我想起了唐朝布袋和尚的那首诗：“手把青秧插满田，低头便见水中天。心地清净方为道，退步原来是向前。”

如此这般，插秧者与于希宁先生那不急不躁的身影又清晰地映在了我的眼前，忽然想，于希宁先生之所以有如此大的成就，不就是得益于“心地清净”吗？

不急不躁，便是心地清净，很寻常，很淡然，近乎于“烟收山谷静，风送杏花香”，又近乎于“几片落花随水去，一声长笛出云来”，还近乎于“随风东西无我所，独脱逍遥不系舟”，等等。

这种境界，说起来简单，但做起来，真难。难的是，在浮躁的当今社会，我们的心地很难再清净下来了。

有个名牌大学的学生，学法律的，喜欢上了文学，一开始是写，后来就做起了嫁衣——荐稿，再后来，就演变成了抄手。被人抓住，问他为什么要“偷”别人的成果，他说，“这样来钱快呀。”年纪轻轻的，说这样的话竟然都不知害臊！

这个社会，不但年轻人急躁了，有些老人，也很急躁。

城市的公交车，前门上，后门下，这连光着屁股的娃娃都晓得，可在西安，就有这么一个老头儿，他非要从前门下车，司机劝阻，他不但不听，还打人。从前门下又能比从后门下节省多少时间呢？

伦敦奥运会上，有些运动员也很急躁。比如举重选手周俊，为什么"三抓"皆不成获得了零分呢？太急躁了，太想证明自己了，太想拿冠军了！

同样是参加奥运会，只有十六岁的叶诗文就给所有爱犯急躁病的人上了一堂公开课。

在女子四百米混合泳的比赛中，叶诗文的前三百五十米，可以说是游得不慌不忙，甚至让人觉得她不会有什么作为了，但到了最后五十米，她突然爆发，最终以 4 分 28 秒 43 的成绩打破了世界纪录，并成为 2009 年禁用鲨鱼皮高科技泳衣以来，首位打破长池世界纪录的女子游泳选手。

不急不躁就是一种力量的积蓄，不急不躁就是一种高屋建瓴的智慧，不急不躁就是一种人生低调的升华……

人生在世，真的是没多少事儿可以急，也真的没有多少事儿可以躁，巧遇喜也罢，遭遇悲也罢，"一切都将过去"。让心清静下来，你会发现，"慢"生活，离幸福更近。

高兴万岁

高兴，是件很简单的事儿。

小孩子哭得正欢，给他一块糖吃，立马就会破涕为笑；

老人年龄大了情绪不稳定，只要儿孙们说两句好话，老人家即刻就被逗得眉开眼笑；生意场上输得一败涂地，但想想还有房产还有人缘，能从头再来，还是能笑得出来；仕途上没能春风得意，不过身居微职，身心自由，能有更多的时间陪陪家人和朋友，这又怎么不是一件十分令人高兴的事儿……

如果你不是自寻烦恼，那么，你就会天天高兴。

又如：

一大早起床，还在为昨晚的不愉快而惆怅。从公园走过，听到鸟儿在树梢欢快地鸣叫，忍不住停下来，聆听。这美妙的歌声，突然让人觉得，什么事儿都不重要了，连续几天的日子，都会高高兴兴。

大街上，人来人往熙熙攘攘，乱得闹心。抬头一望，突然发现一户人家的阳台上摆满了花草，其中有一盆，开得密密匝匝，顿时，就心花怒放，高兴不期而至。

一直想发大财光宗耀祖，可偏偏老是栽跟头，搞得心神难宁。就在路边的帐篷里，几个民工正围着一个用砖头支起的小桌子，就着两盘小菜，热热闹闹地举杯畅饮，不禁被感染了，高兴，还会有什么烦恼呢？

女儿爱臭美，我花大钱给她买了新衣服想哄她高兴，可她却没有什么表情，看不出高兴的样子，而她一个人到跳蚤市场买回了一个我怎么看都难看的发夹，她却戴在头上洋洋得意，十分高兴……

高兴是廉价的，高兴从来都不攀荣附贵。

身居陋室，顿顿粗饭，像久居乡野深山的一些老农，高兴却是常挂脸上的。而有的人身居高位，腰缠万贯，人们却很少能够见到他高兴的面目。

这样说，高兴又是件很难的事儿。就算我们凡夫俗子，为了鸡毛蒜皮的一点事儿，也可能会惹得自己好几天都不高兴。

认真想想，让人不高兴的那些事儿，或是迫不得已，或是根本就不算个事儿。迫不得已，我们无法改变，即便是你有再大的权力，再多的金钱，你都改变不了，不算个事儿的事儿和高兴相比，那又算什么事儿呢？

生活的真谛是什么？或者说生活的最高境界是什么？如果让我来说，那就是要学会逗自己高兴。

每个人的一生中，都会受到委屈，受到打击，正如每棵树的一生，都会遭遇风雨一样，树知道伤悲是没有用的，所以我们从来不会听到树的哭泣，我们所能听到的，只有树"哗哗哗……"欢快的歌唱。

伤悲又有什么用呢？不如高兴。

不高兴的日子，正午的阳光都是寒冷的，而高兴了，阴雨天弥漫的气息都是阳光的味道。

高兴万岁！

享受静寂

如果仔细听，你会发现，现在的人叹息多了，都在叹什么呢？有的叹没有钱，有的叹没有权，有的叹房子不够大，等等，但若是再仔细听，他们即便得到了足够多的钱、足够大的权、足够大的房子，还仍然是在叹息，这又是在叹什么呢？大多是在叹这个世界太热闹了。

往往这个时候，不管你有多少钱，不管你有多大权，不管你有多大的房子，特想找一个静寂的地方，最好是像世外桃源那样静寂的地方，去躲一躲，清静一下。

静寂，的确是能让人们沉静下来，不再茫然，不再躁乱，但今世今日，还能找到世外桃源这样静寂的地方吗？很难找到。

在今世今日，原始森林里都没有了静寂，大海深处也没有了静寂，绝对静寂的地方没有了，但静寂，还是可以有的。在闹市中都可以有。

讨得静寂的唯一方法，就是让我们的心灵静寂下来，对于人生来说，对于社会来说，这个方法，要比找到真正的世外桃源更为珍贵。

在尘世中，你的心灵有几分静寂，世界就会少几分嘈杂。因为，绝对的嘈杂是不存在的，嘈杂只是你感觉到的。心灵若静寂不下来，你所感觉到的世界，就是永无休止地嘈杂的世界。

因此，我们需要守护自己的心灵，不要放任自己的心灵。

守护心灵的方法很简单，俩字便可以概括：淡，浓。

怎么解释这俩字呢？淡薄一切名利，浓烈地热爱生活、热爱他人。

这样，真的能让心灵静寂下来。心灵一旦静寂下来，你再也不会生出仇恨，你再也不会自卑，你再也不会狂妄……相反，你会发现，道路两旁的花儿竟然是那样馨香。

千万不要这样想，把自己的耳朵捂住，世界就可以静寂了。那是掩耳盗铃，如果你的心灵静寂不下来，一只小虫的鸣叫，都会让你心烦意乱。

清华的著名教授刘文典，在他的学生请教他写文章有何高见的时候，他朗声吐出五个字：观世音菩萨。这五个字是啥意思？刘教授说："'观'，多多观察生活；'世'，须要明白世故人情；'音'，讲究音韵；'菩萨'，要有救苦救难、关爱众生的菩萨心肠。"

写文章与处世的道理是一样的，刘教授的这五字金言中，"世"和"菩萨"也是和我上面所讲的"淡"和"浓"那两个字差不多，能够帮助我们获得心灵静寂。

明白世故人情了，有救苦救难、关爱众生的菩萨心肠了，这时候你再倾听这个世界，就会发现静寂了很多，就连小虫的鸣叫都不再是什么噪音了，而是变成了悦耳的歌唱。

多美妙的静寂啊，尽情享受吧。

一世童心

不久前，一位朋友让我给他写幅字。写啥呢？他没有说，让我看着写。他是搞动漫的，红红火火。既然是动漫，那就多是小孩子所热心的，于是，我的脑海里突然就闪现出了四个字：一世童心。

回到家，我就铺开宣纸，研好墨，八尺大的"一世童心"一挥而就。我的字较拙，稚拙与这四个字及我朋友的工作氛围十分吻合，可谓是相得益彰。写好后，我把字拿到了办公室，等着朋友来拿。

在等他来拿期间，好多人都看过这幅字，看后，他们大都满腹惆怅地说，一世童心，不容易啊！

是啊，一世童心，真的很难。

在我们成人的世界里，有的是尔虞我诈，有的是势不两立，有的是你死我活，有的是明争暗斗……都放不下功名利禄，都一世劳累。身累，心更累。而孩子们就大不一样：两个孩子吵了架，转过脸，他们仍旧是好朋友；做值日生，他们都会很高兴，抢着做；选班长，他们都能直言不讳……这都是很多大人做不到的。

有一次，女儿放学回家，高兴地大喊："爸爸、爸爸，我今天当'大葵花'了！"什么"大葵花"？后来一问才知道，原来我的女儿在一个舞蹈节目中扮演"大葵花"，就是人家跳舞，她举着一棵大葵花作背景，就这么一个角色，她都高兴得不得了。

童心——多么美好的心境啊！于是，我就又让一位刻印的朋友用这四个字帮忙刻了一方印，放在我的案头，每有得意之作，便盖在上面，与人共品。

童心，让我们心中生愧。

现代派绘画大师毕加索曾经说过："我花费了很多年的时间去学习如何像孩子那样画画，我毕生努力追求的就是把我的作品画成儿童画般的纯真。"一直到了晚年，毕加索每次见到小孩在街上乱涂乱画，都会停住脚步细细观摩，从中发现孩子们的创作灵感。他的创作始终保持着一颗好奇而率真的童心。

实际上，毕加索根本就不会从儿童画里学什么技法，他是透过儿童画来体味、学习儿童们纯真的心灵，这才是真谛所在。

把毕加索当作我们的榜样吧，一世童心，让生命的每一刻都像小孩子一样，只管微笑着往前爬。

悠闲

悠闲，似乎已成了一件文物，很有欣赏价值，但离我们越来越远。

孩子开学，背上书包，临出门只说了一句话："又背上它了！"虽然算不上是叹息，但从出门的那一瞬间，我看得出，她没有了我儿时开学第一天的悠闲。

有一天，我上班忘记了带手机，心里很是惶恐，总感觉手机在裤兜里响，总感觉有人找我赶酒场，总感觉这一天会失去好多发财的机会。直到晚上回到家摸起手机一看，什么信息也没有，才半失落地舒了一口气。把手机扔在家里，不管有没有信息，这一天，我们都不会悠闲。

公交站上，车已经启动，两位老人牵着手，拼命追赶。都已白发苍苍，显然已经退休，能有什么急事呢？况且，下一辆车最多三五分钟就会来了，悠闲地等一下多好啊。

和朋友外出旅游，一会儿要去办这业务，一会儿要去办那业务，一天很快就过去了，什么风光也没看到，只感觉一路的马不停蹄。

回来的晚上，伏案翻书，看到一幅画，题款很有意思——"没有汽车道，手机无信号。入怀秋风爽，满耳小鸟叫"。这样的生活，真是悠闲！可惜，这样的生活，我们只能从书中体会了。

是什么让我们望而兴叹呢？是因为幸福的定义变了，我们开始认为，官大了是幸福，钱多了是幸福，名声响是幸福，开好车是幸福，吃山珍海味是幸福……但终究，这些都不是真幸福，太累，太费心思，太伤身体……

如果把今天的生活拍成一部纪录片，你会发现，片中的我们紧绷着面孔急匆匆地走在路上，十之八九打着手机；商场里摩肩接踵；饭店里人声鼎沸；车站里人山人海；银行里排成长龙……而天天需要排队且排队时间最长的地方，竟然是——医院！

生活中的悠闲没有了，我们只能到医院里去寻找。

我的一位同学，是高三的班主任，每天早晨五点半准时起床，简单洗漱之后，就到学生宿舍里喊学生起床上早操、早读，每天晚上十一点，他还睡不了觉，不是在准备第二天的课程，就是在批改学生的作业。一天下午，他下班骑电动车回家，心里还想着如何提高学生的成绩。“咚！”突来的一辆轿车将他撞倒，他被送到县医院，因伤情太重，又马上转到市医院……我到市医院看望他，他叹口气说：“终于可以停下来，悠闲一会儿了！”

浏览网页，看到美国总统奥巴马和他的两个孩子，一起奔跑在湖边的草地上，笑得那么天真灿烂……真让人羡煞！我们比美国总统忙吗？我们比美国总统的理想还大吗？他能如此悠闲，我们为什么不能？

悠闲是幸福的最高品位，“偶因学雅要喝茶，拣出泥壶采新芽。炉冷柴湿难就得，坐在地上等着它。”荣华富贵、炉冷柴湿都不管，只管坐在地上耐心等，茶终究会烧开的。

这，才是真悠闲，当你品出其中的滋味了，你就真是幸福了！

一路开花

本名李兴海，云南宣威人，《读者》《青年文摘》等期刊签约作家，《语文报》《疯狂阅读》等媒体专栏作家。有多篇文章被选为中考、高考语文阅读试题。已出版《你若安好》《原谅我不懂你的心》《总有些青春要辜负》等十五部作品，主编图书百余本。

窗边的孩子

每天清晨，我都是全班第一个接触到阳光的男孩，可在内心深处，却漂泊着无边无际的黑夜。我独自坐在教室的后排窗边，任青春无声飞逝。

我多想自己能够像其他男孩一样，在暮色时分寻一个同路的朋友，互挽着在夕阳中嬉笑漫步。这个朋友，我梦想了许久，始终不能得到。起初，我奢求他是帅气的，大方的，是温文尔雅的。那样，便可以牵连上我，引起别人的注意，助我认识更多的朋友。

后来，我的梦想渐渐萎缩了。我想，只要是一个男孩就行。哪怕他和我一样沉默寡言，只会穿褪色的校服和过气的衣裤；哪怕他和我一样留着蓬松的蘑菇头，名字永远匿藏在成绩单的暗黑角落里。这一切，我都不再嫌弃。甚至，我暗暗祷告，自己宁愿做一个撒气包，承受他的坏脾气和委屈，只要他愿意和我做朋友就好。

愿望一直没能实现。我真如一朵山野里的蘑菇，尽管身旁长满了碧绿的草，开满了鹅黄的花，还是无人理睬。

那条僻静的小巷，我独自一人走了许多次。我记得小巷里的每一个门牌号，踢过小巷里的每一块石子。但小巷里，却依然没有我的朋友。

瓢泼大雨的天气里，我摔倒过几次，却从来没有碰到过电视剧里面的情景。没有谁从暗处跑过来将我扶起，嘘寒问暖，更不可能有人会主动递给我一把漂亮的油纸伞。撞车我遇到过几次，也照样没谁主动从自行车上跳下来把我送到医院，并因此衍生一段感天动地的友情故事。

正当我对一切的剧情和小说都绝望的时候，他出现在了我的世界里。我无论如何都想不到，光鲜亮丽的他，竟会在一家餐馆里端盘子。那时候学校为了提高升学率，严禁任何同学校外兼职，举报有奖。他在我面前惊慌失措的模样，至今仍在我脑海里冉冉浮动。

那天，他再三恳求我，千万不要把兼职的事向学校汇报。那五十块钱的奖金，他可以私下给我。说实话我有些紧张，但这紧张，绝对不是出自那丰厚的奖金。

第一次有同班同学和我说那么多话。我镇定地告诉他，我无论如何也不会把这件事告诉老师。再者，我也不会要他的“私了费”。他高兴坏了，死命拽着我的手不放，说要请我吃大餐。

他请我在餐馆外的小吃摊上喝了一碗豆腐脑。而后，让我在原地等他下班。我终于有了这样的等待。那段等待，让我忽然有了一些得偿所愿的感动。

下班之后，他领着我去他家里吃饭。路上，他情不自禁地搂起了我的肩膀。川流不息的马路上，第一次有同班男孩将我紧紧环住。我抑制住内心的风波，忐忑不安地将颤抖的手搭上了他的肩膀。

时光就这么如水远去。今日，当我站在神圣的讲台上看窗外秋风落叶时，总忍不住回望那些窗边的孩子，因为我了解他们的孤独，知道他们比任何人都需要一双伸向他们的手。

照片上没有的人

摄像师在前面举着相机高声叫着“一,二……”“三”还不曾念出，站于前排的他便猛然蹲了下去。

于是，人头攒动的毕业照上，出现这么戏剧性的一幕：后排的男生都低头朝着同一个角落观望，而前排，却似乎恍然不觉。拿到毕业照后，女生们吵吵嚷嚷地问：“嘿，你们在看什么呢？这么整齐。”

一个下午，所有人都知道了，毕业照上，少了一个人。他们之所以朝着那个角落观望，完全是出于那一瞬间的本能反应。这个在照片上消失的人，便是我的同桌。

我很少与他说话，尽管我们同椅而坐。我总觉得他整个人都是黯淡无光的，全然不像一个十六七岁的少年。整天一言不发，不习惯主动和别人打招呼，耷拉着脑袋，在人群中横冲直撞。

有那么一段时间我心血来潮，踢足球时总是站在窗外的操场上仰着脑袋，朝他挥手。他很少出来，只是笑笑，继而手托腮帮，傻傻地看着我们一帮哥们在广袤的蓝天下挥汗如雨。我问过他：“你为什么不和我们踢球？”他摇摇头，许久之后才答：“我不会。”

高中三年，这是他与我说得最多的一句话。不管我问他数学还是物理，英语还是生物，他都不改初衷，一脸歉意地告诉我，我不会。偶尔，我烦了，累了，便会怒目呵斥道：“你说吧，你到底会什么?！”

值得庆幸的是，他的文笔不错。每次作文课，他都能易如反掌地肩担两责。不仅将自己的作文写成下一节课上的例文，还能在旁口述，让我安然地渡过难关。

我很感激他，试图要将他拉入我的圈子里来。譬如，当四驱车成为一种象征时尚的潮流时，我便告诉他，买一辆四驱车，课后到操场上，一定能认识很多朋友。这样的主意，我给他出过很多次。遗憾的是，他没有一次照做。

他仅是懂得一脸落魄地跟在我身后。开始，有人会问：“这是你朋友吗？”我点点头，热情洋溢地将他推到别人面前，并给他来一个惊天动地的个人简介，殊不知，他却像条死鱼一般立在人群中，一言不发，紧张得小腿乱抖。我说，你真把我的脸给丢尽了。

就这样，他从我的朋变成了伙伴，再从伙伴变成同桌，最后，成了我们这帮少年的观众，并彼此路不相识。

要知道，年少时的对与错，其实根本没有明显的界定。你的热情，便是获得友谊的先决条件。倘若你用冷漠和深沉来对待旁人，那么，你所能得到的，也仅仅只是凉如深秋的落叶。

照毕业照当天，班上许多同学拥抱在一块，将平生所能想到的姿态都用得一干二净，直到欢笑成泪，静默地躺在青草地上远望。

很多人带了相机。因为集体毕业照只有一次，所以留在了最后。前面这一把的时间是留给我们的。我与曾经踢球的伙伴一人一张，几人一张，合照，单照，没完没了。最后，笑容僵在脸上，再也涂抹不去。

那是班上第一次男生和女生冰释前嫌。我们在暖暖的日光中，找寻自己的位置，将一生中最为灿烂的笑容，留在了彼此记忆的底片上。

我似乎注视到了他，我的同桌。人群中，他像一株朴实的野草，虽同样在蓝天与清风中摇摆，却被人忽视了存在的方向。说实话，我很想落落大方地走上前去，用一句热情洋溢的话，来消融筑藏在他心中的隔阂。而后，紧紧地抱住他的肩膀，和他照上那么一张平淡至极的彩照。

可最终，我仍是没能放下少年的倔强。他就这么安静地站在人群的远处，看着一场繁华与欢愉在眼前上演，独自吞噬漫无边际的落寞。

最后一张照片，我们开始懂得了谦让，总想把最好的位置留给身旁的人。他站在我的前面，一动不动。

当摄像师的手指即将触及快门，他恍然消失在了底片内的世界。班主任狠狠地批评了他。可即便如此，仍是不能更改那滑稽的一瞬。

临行前我说："你为什么不照毕业照呢？难道你不想大家记住你吗？"他苦笑，一如既往地沉默。这是我与他的最后一面。

很多年后，我大学毕业，和一帮旧友重逢时，无缘无故地就说了当年的趣事。没有一个人忘记他，那个曾经被众人忽视在角落里的男孩。相反，那些原本与我们一同拍照，一同流泪，一同欢笑的伙伴，却被我们淡忘了姓名。

我似乎知道了，那日，他的良苦用心。三年的自卑与怯懦，让他饱受了被人漠视的悲辛。他需要有那么一个睿智的举动来让旁人铭记那段属于他的历史。

时光总是会让我们淡忘那些在底片上留下音容的朋友。

而这一个隐遁了身形的男孩，却是那么晦涩而又狼狈地留在了记忆深处。我们曾以为，他的逃避是一种年少时的个性。可谁知道，那自卑的一蹲里，蕴含了多少成长里的苦楚和莫名的希冀？

追日出的少年

那时，我每天要做的事情，就是翻越门前的大山。而山的那头，是黄沙滚滚的学校和一望无垠的麦田。

母亲前夜就把做好的饭菜装进搪瓷的饭盒里。我背着它，走过沾满露水的小道，走过开满鲜花的田埂，走上狭窄而又不可回避的山路。

没有闹钟，日出是所有孩子的风向标。我们如同一株株朝气蓬勃的向日葵，必须用崭新的脸，早早迎接初升的太阳。

我是个懒散的孩子，似乎迟到是我与生俱来而又无法改变的能力。

十岁那年，我学了第一篇关于鲁迅的文章。他因偶然迟到，而受到先生的批评，故此于心间默默发誓，以后绝不迟到，并用小刀在自己的书桌上刻下了一个不可磨灭的“早”字。

这篇文章对我影响极深。印象中，后来我再没迟到过。原因不仅仅是我从这篇文章中汲取了经验和力量，更重要的是，我在漫漫的大山中无意寻到了一条更近的路。

我花了整整一个下午的时间把这条隐蔽的路修开，砍去交织的灌木，斩断坚韧的荆棘。而后，在路的两头铺满翠绿的树枝，以防被人察觉。

这条笔直的小路，伴我度过了最后的童年岁月。它像一只永不更变的大手，始终为我指着第一道黎明曙光的方向。

我沿着它一路奔跑，背着母亲连夜烹制的饭菜。背后，是姹紫嫣红的春天，是流云如火的烈夏，是落叶纷飞的金秋，也是白雪皑皑的隆冬。

那时，我仍然是一位不知疲倦的少年。为了走出大山，我不得不发奋苦读。

黎明一次又一次地在山顶闪现。偶尔，我会停下身来，站在幽静的山路上仰视，那些从片片翠叶深处刺来的光芒。我始终不敢回头。因为我清楚地明白，这是此生唯一能改变我命运的路。

我日复一日地踩着密叶间的柔光疾跑。若隐若现的山顶上，是一道又一道愈渐强烈的金光。它们像一位极度公正的严父，从不会为山里的任何子民而改变自己行进的速度。我只能默默地仰视它，朝着它，用少年的脚步把四季和童年的困难远远地抛在后面。

六年级的时候，我读到了一篇颇有感触的文章，那是林清玄所写的《和时间赛跑》。不过，我和他有所不同，那时，我对时间并没有如此强烈的感念。我只不过是一个盲目的狂追日出的少年。

终于有一天，我气喘吁吁地跑出了大山，将那条鲜为人知的小路和山顶的日光，都远远地抛在了记忆的深谷里。

我在城市生活了很多年。这里没有山，没有海，更没有母亲连夜烹制的饭菜。

当我因为父亲的去世而重回大山，才忽然看到，那条已被荆棘肆虐的小路。它似乎还是那么幽深神秘，还是那么笔直，还是那么忠诚地等待着一个狂追日出的少年的脚步。

可为何，曾经的少年会再也找寻不到那份狂追日出的勇气和重修山路的豪情？

物与路

跟我学写作那年，他恰巧十五。年少之心，如春时之草，丰盛，却没有固定的生长方向。他所爱之事物甚多，或许连他自己都数不过来。

他不甘落后。于是，他逼着自己学很多本领。例如写作、钢琴、绘画，还有武术。据说他的武术老师很是欣赏他，去参加国际比赛时，特意从国外给他带回了一根木棍。我见过这根木棍，也见过他在我教学的楼下把这根木棍耍得虎虎生风。

那是一根多么漂亮的木棍。外体镀有纯金之色，几条青龙蜿蜒其上。细看，这几条玲珑活现的青龙并非印制，而是手工雕刻。因此，看上去层次分明，立体感极强。

很多同学都问过他这根木棍的出处，甚至，还有家庭条件比较好的同学出钱向他买。他不卖，但他爱把他这木棍的来历炫耀一番。这更是惹得其他同学心生羡慕，也让他倍加喜爱这根木棍。

在上交的作业里，他不止一次写到自己对人生的彷徨。太多的路在他前面，难以取舍。我开始担心这个聪明的孩子，于是找机会把他叫到了家里。

“孩子，你觉得现在你最爱什么？或者，你觉得你最不舍的东西是什么？”我看着与我对坐的他问道。

“武棍！”他毫不犹豫地回答我。从他豪气十足的眼神里，我仿佛看到了自己年少时曾在日记里写过的那个大侠梦。

“它那么重要，你觉得它能给你换回什么东西呢？”我看着他手里的那根金棍。

“什么都可以。”他紧握着棍子回答我。

我们的谈话算是到此结束了。我让他去帮我做三件事：用棍子去换楼下裁缝手里的那根针，若不行，就去换园丁手里的那把剪刀，若再不行，就直接去换食堂炒菜师傅手里的那柄勺子。

我知道，他的心里充满了愤懑与疑惑。他想要证实给我看，这根棍子本身的价值远远超过了一根针、一把剪刀和一柄勺子。那些换取的对象，势必都会争先恐后地与他交换。

两个时辰后，他握着棍子回来了。佝偻着背，在门外站了许久都不曾进来。我去内厅接水时看到了他，垂头丧气。

看到那根棍子仍紧握在他手里，我就再没提及此行的结果。只是，他才抬头触及我的眼神，就猛然大哭了起来。

一个曾心高气傲，在众人面前把棍子舞得虎虎生风的小男孩，就这么站在我的面前痛哭着。我没有用任何言语去安慰他，因为我已觉察到自己的残忍，我已将他那个原本密封完好的梦想打碎。

实质上，我并没有在他所拥有的路途里给他挑路，选路，以解除他心中的烦恼与困惑。我只是告诉了他，人生的每一个阶段，每一种职业，每一个人，都要面临着不同的事物出现。你所认为最不舍的东西，或许在多年后就是裁缝手里的那枚针，园丁手里的那把剪刀，厨师手里的那柄勺子。它们怎样都不重要，重要的是所持之人对它们的态度。

查一路

安徽怀宁人，专栏作家，畅销书作家，高校副教授，《读者》等期刊签约作家，数家门户网站特约撰稿人。迄今为止，在海内外报刊发表及转载作品三千余篇次，计六百余万字。作品入选散文、随笔、小小说类各年度年选和百余种图书。出版随笔集六部，曾获冰心文学奖及其他文学奖项多次。作品在全国青年读者中具有较大影响，多篇文章入选中学、大学教材和中考、高考试卷。有评论称其作品“语言隽永、风格唯美、内容深刻、表述睿智”。

自己暗一点

别克商务车在公路夜行。我坐在车上，想到另外一个城市去看望病中的母亲，有些归心似箭的急迫。

迎面的车辆，一辆辆疾驰而过。雪亮的车灯透过车窗玻璃打过来，让人眼花缭乱。可是无论我的心情怎样急迫，每当前面有车过来，迎面相遇时，这辆车总会减速缓行，狭窄的路，它近乎停下来，让其他的车辆先过去。

司机扭过头，歉意地说，没办法，这辆车的车灯很暗，这样彼此都安全。

我向前方看看，这辆车的车灯确实较暗，其他的车，车灯雪亮而刺目，唯这辆车车灯的亮色是橘黄的，只能照亮自己和眼前的路，不能刺对方的眼。我只能抱怨这车的质量，谁知，司机说，这辆车的性能相当好。

一路上，我们有一句没一句地聊着，聊的都是单位的人和事。最后，意见竟然达成一致，那些懂得谦逊和礼让的人，在单位都受人欢迎，人缘都很好；而那些自以为是的人，无论头顶有多少光环，又多么耀眼，但终究让人避而远之。司机说，我们行车讲究“礼让三先”，其实这样对人、对己都有好处，是至理名言。

快到目的地了，我终于忍不住内心的好奇，问，车灯这么暗，是不是没有相应的技术？

司机笑了，要想亮，车灯可以要多亮有多亮，私营的小厂，也能生产非常亮的车灯，可这种车原配的车灯都这么暗，技术不是问题，这车的生产厂家的品牌、实力和技术都非常强，可能跟生产厂家的设计理念有关，它想让别人亮一点，自己暗一点。

这些话，给我很深的感触。

让别人亮一点，自己暗一点——充满了人文关怀的理念。不与人争“亮”，把“暗”留给自己，以此求彼此的安全。

我终于折服于设计者的苦心。自己暗一点，不是在实力上的露怯，而是将朴素的体贴通过小小的细节体现出来。

让疼痛拐个弯

儿时，母亲因为子女众多，疾病、劳累、贫困，和对生活的抱怨，她的情绪总是无端烦躁。记得她常常用粗粗的荆条抽打我的双腿。我疼痛得大哭。本想用哭声引起她的怜悯，进而得到安慰，可是母亲锁上门出去了，我一个人被关在屋内。不知过了多久，哭声停止了，因为我发现泪水是咸的。我被泪水中的盐分吸引住了，开始用舌头舔嘴边的咸，舔干了嘴边，渐渐地，舌头越伸越长，探索的范围也越来越大。我变得专注和津津有味，忘记了疼痛，忘记了本来是要哭下去的……

几十年后的今天，我在午后的阳光中阅读。读到的，却是让心灵晦暗的文字：1943年荷兰籍犹太少女埃尔加·德恩偷偷写下了一本日记，真实记录了自己及家人在纳粹集中营的悲惨经历以及内心的痛苦感受。这段“大屠杀时期的爱情”让我泫然泪下。我体会到了另一种疼痛，那是让一切疼痛在它的面前，终将变得微不足道的疼痛。

这位当时被关押在34B号营房的花季少女，用细腻的笔触真实记录了布满虱子的集中营营房，自己与集中营看守的争执以及内心无法排遣的郁闷和恐惧。她每天看到的是一批批难友从集中营转移到“灭绝营”，生存的梦想将在那里破灭。当死神一天天临近，巨大的阴影覆压过来，少女忽然想到了自己“最亲爱的”男友，想起了和平时期那段美好的生活。生与死，是一个问题，更是一种考验和折磨。用什么来战胜恐惧和悲伤？她选择了日记，她拿起笔，记录下当时的生活和心灵的幻想，她写道：“每天我们都要从带刺的铁丝网向外张望，直到对自由生活望眼欲穿。”时光像攀越绝壁悬崖的藤蔓，跳过眼前的现实，生命从它的侧面拓展出意义——追思和倾诉，并把这一切记录下来。

1943年7月16日，少女德恩与她的哥哥和父母在波兰索比堡“灭绝营”惨遭杀害。1943年7月16日——时光已老而又老，像远处泛黄的钟声，我无法想象年轻而美丽的生命如何像花朵一样被狂风摧折，无法想象一个少女面对死亡的心情和姿态。或可安慰的是，在肉体“灭绝”之前她的心灵没有提前死亡，最感疼痛的时候，她让疼痛拐了一个弯，心灵化成了蝴蝶，从泛黄的纸页羽化而出，让几十年后处在今天的我们，看到了生命在凄艳中的舞蹈，看到了幽暗中侧立的火焰，看到了一个人临渊的绝望和最终的超越。

这些朴素的文字，没有对生命的理性阐释。因为真实的经历和活生生的感性，客观上，她的每个字都显得深刻，让人战栗。人类太多的智慧，是生存的智慧，教人在平庸的日子里打发闲暇和无聊；其实，死亡是更沉重和必修的一课。如何面对和学习死亡，没有人告诉你。你只能从这些文字中去寻找。

生命不是一个抽象的符号，也不是一个生僻的隐喻。而是肉体和意识都布满敏感神经的活生生的感知体。疼痛追随着生命，似乎与生俱来，无可避免。肉体和心灵对于疼痛的感知都有着承载的极限。如果一切都是命中注定，肉体临近着险象环生、万劫不复的绝地，灵魂只能在无可选择中选择。那就让灵魂升华而出，做一次转移。即便是最后的一刻，船可以沉没，帆却不可以停止选择风向。

人生需要还原本色的剪刀

几年前看过一幅漫画，至今印象依然清晰。一只瘦瘦的狐狸，从一个篱笆的小洞钻进了葡萄园，它大吃了三天，身体变得臃肿肥胖。吃光了园里的葡萄，它想从来路返回，哪知道肥胖的身躯，已经无法从那个来时的小洞钻回去。聪明的狐狸思索了三天三夜，又饿了整整三天。脱去了肥胖，重新变成了原来那只瘦瘦的狐狸，才从小洞突围而出。

漫画是戏谑的嘲讽，还是善意的规劝？我从中看出的是，人们生存的图景和普遍的窘况。我们原本是那只瘦瘦的狐狸，怎奈挡不住贪欲和浮华的诱惑，一次侥幸，让自己虚胖。“小洞”是一把剪刀，剪除了人生本不属于自己的部分。如果不是这把剪刀，在恰当的时候，恰当地修剪，让狐狸还原为狐狸，狐狸就有可能变形成了熊猫。

攀登雪山的运动员，稔熟这样的常识，在攀登的过程中，需要不断扔掉自己在登山前认真准备的、以为很重要的所有装备。扔无可扔，险要处，教练员还要告诉他，连呼吸都要保持克制，粗重的呼吸都有可能引发一次雪崩。也只有身临其境的人们，才能认识到，呼吸才是“必需”，其他一切都是“多余”。当安危系于一发，雪崩这把剪刀，甚至连呼吸也要裁剪。

俄国作家托尔斯泰在小说《一个人一生需要多少土地》中，给我们讲述了这样一个故事，一位地主终生都在处心积虑地跑马圈地，临终前，他让人搀扶着自己去巡视自己的所有领土，当走到自己狭小的墓穴前，才恍然大悟，其实自己真正需要的土地到底是多少？归宿是一把剪刀，剪去了一生的虚荣和幻想，让疯狂的攫取变得毫无意义。

思索是一把剪刀，困境是一把剪刀，终极的人生图景是一把剪刀。带着疯狂攫取的偏执，人们在红尘中奔走，犹如雪球在雪地翻滚，不觉中，浮华裹身，日渐臃肿，不觉中，身心负重，不堪其累。这时，确实需要一把还原本色的剪刀。若没有类似的三把剪刀，这世间不知道还要多出多少变态人生。

越长越短的非洲象牙

非洲象牙的名贵举世皆知，可这并非是非洲象们的福音。相反，名贵的象牙却给大象们带来了厄运。偷猎者的目光瞄准了大象。一段时间，长着长长象牙的非洲象几乎被猎杀殆尽。

流落和离散的幸存者，在蛮荒的非洲草原，离开了猎杀者的视线。当它们惊恐地度过一个又一个茫茫的旱季，成功地存活下来，人们惊讶地发现，非洲象的象牙已失去了原来的长度，而且有越长越短的趋势。生物学家预测，如果猎杀不止，在未来的某个时间，非洲象的象牙会逐渐短到消失。非洲象会变种成不再长象牙的大象。

这一奇怪的现象，让生物学家也无法解释。大象何以意识到招致杀身之祸的就是象牙？无论是有意识还是无意识，客观的情况是，非洲象在体内抑制了象牙的生长。偷猎者的目光贪婪地盯在象牙上，既然象牙越来越短，甚至消失，非洲象的安全系数将越来越大。

名贵的象牙既是非洲象的精华所在，又是招来猎杀的祸根。当自身的实力不足以保护自身的“优势”，“优势”遭人觊觎和垂涎，倒不如隐藏优势，等待时机。

20 世纪 60 年代初，美国汽车独霸北美市场，而日本汽车因产量太少，在北美市场占有率很低，不到百分之四。因此，美国的汽车厂商根本没有把日本汽车放在眼里。但日本汽车厂商在暗地里同美国同行较劲，他们根据北美人的消费习惯，设计了许多深受当地人欢迎的新型汽车，一度将日本汽车在北美市场的占有率提升到百分之三十。直到这时，美国汽车厂商才如梦初醒，赶紧商量对策，可惜已让日本汽车厂商抢占了市场先机，很大一部分利润都给他们赚走了，美国汽车厂商为此懊悔了好长时间。

优势不是摆设，而是一剑封喉的利器。投奔曹操的刘备，貌似忠厚驽钝，终日在后园种菜，隐藏了自己的野心，待以时日，东山再起；聪明的杨修，仅凭灵活的脑瓜和伶俐的口舌，时不时与曹操斗智，最终死在曹操的刀下。

将优势藏一点，并不是坏事。盘马弯弓，引而不发。一旦出击，犹如幽林中的响箭，关隘上的伏兵，隐藏已久，又突如其来。这样才可以将优势的价值演绎得淋漓尽致。

敢于直言，也敢于付出代价

伊格纳兹·塞梅尔维斯，1818 年生于布达佩斯，是一名产科医生。

作为一名年轻的见习医生，他在维也纳的一家妇产科医院工作。在那里他有了令人震惊的发现：有十分之一的产妇死于产褥热。他们都是穷人。而在家里生产的富有的产妇们，远没有这样高的死亡比例。

塞梅尔维斯仔细观察了医院的日常工作，开始怀疑是医生造成了病人的感染。他注意到，医生常常解剖完尸体，就从停尸房直接回到产房对产妇进行检查。因此他建议，作为一项实验，让医生在接触产妇之前洗一下手。

洗一下手，对于医生来说，是举手之劳。可是，要知道，这个建议是塞梅尔维斯提出的，而塞梅尔维斯当时只是一名见习医生，是个无足轻重的小人物。还有什么要求比这样的要求更加无礼？他居然胆敢向其上司提出这样的建议？他的直言上谏被当时的医学界看成是对权威的冒犯。

何况，洗一下手，就等于承认了产妇死亡的责任在于医生，是医生造成了病人的感染。这是权威们更难接受的。

但是死亡还在继续，这让塞梅尔维斯无论如何不再顾忌人与人之间那种庸俗与微妙的关系，他义无反顾地坚持着。去产房，去停尸房，向每一位医生发出请求，坚定而又固执。他请求医生们洗一下手。而当时的权威们，他们并不真的在乎拯救生命，他们关心的只是人们对权威的尊重和服从。

一次次直言，一遍遍请求。最后，在穷尽了对塞梅尔维斯种种讽刺、挖苦和嘲笑之后，他们最后终于同意了。开始用肥皂清洗自己的手。

奇迹产生了，大批的产妇死亡停止了。“洗一下自己的手！”这个从塞梅尔维斯医生口中发出的无数遍请求，拯救了成千上万条生命。产妇的死亡率降到了仅仅百分之一。

其实，塞梅尔维斯内心十分清楚，因为冒犯权威，随之而来的，是维也纳医学界的排斥和忌恨。不久，他被迫离开了医院，离开了奥地利，虽然他对那里的人们尽心尽责。最后，他在匈牙利的一所地方医院结束了自己的行医生涯。在那里，他彻底放弃了人性、知识和他自己。一天在解剖室里，他将一把刚刚解剖过尸体的刀片，故意刺进了自己的手掌，不久便死于血液感染。

然而，也就在塞梅尔维斯去世后的两年，“消毒外科手术”就很快得到了普及。在后来的医学界，在人们的心目中，唯有塞梅尔维斯才是真正的英雄。

我们往往轻易就放弃了真理，是因为我们不敢向固定的习俗和强大的权威表达自己的意见；即便跨出了第一步，往往因为人微言轻，而不敢坚持；当意识到坚持将会付出代价，就最终选择了退缩。生活中的真理，往往就这样湮没于我们内心的怯懦，而不是身份的卑微。

从低处开始

在世界登山运动史上，登山皇帝梅斯纳尔创造了前无古人的壮举。他登临了所有十四座八千米以上的高峰。更值得一提的是，他是唯一一个真正单人、不携带氧气设备、在季风后期攀登珠穆朗玛峰的人。

外人看来，梅斯纳尔每一次攀登，都是危机四伏的“死亡之旅”。在海拔八千米的高度上，人类的生理机能将会发生紊乱，继续向上攀登，大多数普通的登山者会因为空气稀薄而死亡。令人不可思议的是，梅斯纳尔不借助任何设备，把那些神秘莫测、险象环生的世界高峰，轻松地踩在脚下。

在梅斯纳尔之前，那些登临高峰的人们，无一例外携带一套又一套繁重的登山绳索和氧气瓶等设备，并逐步建立高山营地，借助众多身强力壮的当地向导。但是在梅斯纳尔的登山生涯中，他依靠的仅仅是自己。由此，又不无疑问，梅斯纳尔何以能够依靠的仅仅是自己？

梅斯纳尔和他登山的方式，令登山爱好者们着迷。是不是梅斯纳尔天赋异禀？瑞士医生奥斯瓦尔多·奥尔兹通过测试认为：“与一般登山者相比较，梅斯纳尔的生理机能并没有任何超常之处。”

无数人从不同的角度探寻着梅斯纳尔成功的秘诀。最终还是梅斯纳尔自己揭开了谜底：他的秘密就是——从低处开始。一般的登山运动者，目标选定之后，为了保存体力，都会选择乘直升机抵达山前的最后一个小镇，成与败的关键恰恰在此，直接乘直升机抵达大本营对于身体的调节是不利的，这种看似直达目的的方式，忽略了身体机能与环境磨合的契机。

与此相反，梅斯纳尔坚持徒步到大本营，从低处就开始调节身体，调节呼吸的节奏来应对空气密度的改变。选择低处作为出发点，正是梅斯纳尔独特的经验和智慧。从低处开始，是登高必不可少的环节。注重，还是忽略，将成为成功的推手或瓶颈。

从低处开始，不仅仅是方法，更重要的是心态。

富裕和肥胖没什么两样

在一个网站，网友问我，生活中最需要的是什么？我想了一会儿，告诉她，我需要的都是一点点。一点智慧，一点良知，一点声名，一点激情，一点悠闲，一点金钱……“打住，打住。”她抗议了，“其他都可以一点点，唯独这钱，是多多益善。”“谁不想有很多的钱，你别太虚伪了！”她补充道。

是的，我跟金钱没有仇，也并非我有多么矫情。从小资，到中产，再到资产，确系人心向往。但是，一个人拥有的财富需要与其能力和素质匹配。金钱是一匹烈马，你没有驾驭它的能力，不是出色的骑手，就难保不从马背跌落摔跤。

身边不乏其例。一位暴发户拥资数百万，但他的钱来自一张中奖的彩票。没有奋斗和一点点的积累，面对突然而至的财富，他不知所措，心理也失去了平衡。随后，人们看到一个谦逊的人变得轻狂，一个律己很严的人沾染了一身恶习，一个重爱情和亲情的人抛妻别子……在一个人还没有练就掌控金钱的心态和本领的时候，财富提前到来，并不是一件好事。

当黄金像贝斯比亚斯火山的岩浆一样，流进美国石油大王洛克菲勒的口袋时，这个曾经口碑很好的人，变得贪婪、冷酷。宾夕法尼亚州油田附近的居民对其恨之入骨，甚至做出他的木偶像并对之施以“绞刑”。更要命的是，为金钱极度操劳，医生以他的身体状况断言，他只能活到五十岁。后半生，洛克菲勒痛定思痛，变得乐善好施，开始滑冰、骑自行车、打高尔夫球，九十八岁去世的那年，只剩下一张第一号石油公司股票，其余产业已在生前捐掉或分给继承者。

钢铁大王卡内基说：“一个人死的时候还极有钱，实在死得极可耻。”许多有钱人一生拥有的财富不计其数，却不知道富裕意味着什么。不过，人们在已故美国大亨默尔的一本传记里发现了这样一句话：“富裕和肥胖没什么两样，也不过是获得了超过自己需要的东西罢了。”而肥胖又是什么呢？美国最胖的好莱坞影星罗斯顿，临终前喃喃自语：“你的身躯很庞大，但你的生命需要的仅仅是一颗心脏。”

“富裕和肥胖没什么两样。”看见那些为一毛钱和菜农吵半天的人，那些为获得金钱不择手段的人，那些视财如命的人，那些恃钱而贵的人，那些沉入金钱的白日梦的人，我很想走过去跟他们说：“在金钱方面瘦瘦身，对你的人生健康有好处！”

画出最丑的自己

萨班哲是当代土耳其超级富豪，其庄园和产业遍布全国，一种为“SA”的符号是他的产业的标志。而土耳其的国民，对“SA”符号意味的稔熟，如同每天早晨开门看到阳光。

然而，这位富豪有个令人大惑不解的怪癖。他供养着一群土耳其最好的漫画家，在一间豪华的大厅，他让这群漫画家随心所欲，画他萨班哲的漫画，谁画出了最丑的萨班哲，谁就能得到大大的一笔奖励。结果，萨班哲的每一个丑陋之处，都被无限地放大和夸张。这群漫画家整天琢磨、挖掘着萨班哲的“闪光点”，甚至一颗小痣，都被演变成乌鸦的脑袋。

工作之余，萨班哲徜徉在大厅，一幅一幅地欣赏着“靓照”。他很快乐，他看到了与在美酒、鲜花、掌声、赞誉前那个不一样的自己。

公众不理解的是，就是再想了解真实的自己，他也可以照照镜子，何必拿自己的相貌开涮？

其实，人对自己的相貌都很介意。传说中有位又瞎又瘸的国王，为了掩饰自己的上述不足，竟砍了两位画师的脑壳，真实再现不行，严重脱离真实也不行。血的教训之后，才有了第三位聪明的画师，画出国王一条腿踏在石头上，拉弓瞄准的杰作。

与萨班哲相反，世人想到的无外乎都是，如何美化自己。去看看那些各色人等的照片，就知道他们对自己形象的珍爱。去看看照片上的人们：立于雪地，握一把雪，以示浪漫；陷入沙发，手撑下巴，状若沉思；置身平地，目视远方，表明其志不在小。

有人说可能萨班哲很另类，有人说可能萨班哲很风趣，有人说可能萨班哲很有幽默感，有人说可能萨班哲喜欢真实，有人说萨班哲是在惩罚自己。

可是，我觉得萨班哲是在做一种心理体操。萨班哲幸运亦不幸。这位超级富豪育有一儿一女，不幸的是，一儿一女，均有智力的残障。现实的真实总是残酷得让人寒彻肺腑。作为一个父亲，谁也无法接受。生活的磨难，意味着让你选择那些你不想做出的选择。

画最丑的自己，一点一点去接受。如果看到最丑的自己，依然那么开心，那就意味着已经成功地训练自己爱上了生活中的缺憾。是的，它很丑，但你必须爱它，否则无法接受。生命的宽广，正在于接受那些宁死也不想接受的事实。

人生之喻

雨果说，如果你做石头，你要做磁石；如果你做植物，你要做含羞草；如果你做人，你要做性情中人。

其实，雨果的高明，在于为人生找到了鲜明的喻体。做人需要有人格的魅力，有磁石般的吸引力；做植物，就做含羞草，要自知，要懂得害羞；做性情中人，既要率性又要有个性。对人生太多的感念，都需要表达，平凡的人，找不准物象，大师雨果，为我们形象贴切地表达了出来。

我在阅读与生活中，发现了一个有趣的现象。每个人都希望对人生有自己的理解，为把这种理解表达得形象，他们都在寻找喻体。于是，文本上，“人生如……”形成了流行的句式，人生如棋，人生如剑，人生如雾，人生如电……似乎世间所有的事物都可以与“人生”挂上钩，任何的事物都可以哲理性地阐释人生。

一次回乡下，我爷爷奶奶正在吵架。我爷爷说，人生像葫芦，我奶奶说人生如南瓜。当我回到家里，我老婆说，爷爷奶奶错了，人生如一件毛衣。我儿子说，他们全错了，人生如一本作业本。并且各自阐述了各自的道理，似非而是。

他们言之凿凿。而我对此却很心虚，说实在的，我至今尚未找到人生的喻体，每每信手拈来一个，仔细一想，真是挂一漏万。

我信奉尼采的“人生三象”。尼采以骆驼、狮子和婴儿比喻人生的三个精神阶段。

人这一生，首先要做骆驼。人生的开始，需要像骆驼一样吃苦负重。苦与累，是抵达成功的唯一途径，同时也是幸福的参照物。罗素说：“毫不费劲地满足了一个人所有的欲望时，幸福的要素会跟着努力一块儿向他告别的。”所以，劳其筋骨，空乏其身，是对一个人必要的锻造。

处在一个竞争社会里，一个人的精神领域里，必须有狮子的阳刚和凶猛。在一生的过程中，需要直面对手、敌手、挫折、失败、冤屈、厄运，很难一一列举，没有狮子一般的体魄、牙爪及勇气，实难应付。海明威为了塑造强劲，常常只身去非洲猎狮。在他看来，一个人要打败一头狮子，首先人得具备狮子的品性。

从狮子到婴儿，难道还要从刚健和睿智，返回到柔弱与无知的状态么？表面是个悖论，实则暗含至理。无论人生如何丰赡华美，到了晚年，大潮终将退去。七彩淡去，人生的画板只留下原色。此时的人生又重归起点，回归“婴儿”状态。没有矫饰和虚伪，只有纯真与豁达。大限将至，维特根斯坦感觉新鲜如婴儿，告诉身边的人：“我度过了美好的一生。”

锦衣玉食，满足的是动物性的本能。在此之上，每个人都不愿意放弃对生之意义的追寻。对于人生的概述，我尊重每一个拙劣的喻体，尊重每一个并不贴切的比喻。因为为人生寻找喻体的过程，正是平凡人生，对生活这本纷繁复杂的大书做出最经典的眉批的过程。

说不定的江湖

“没想到我和他会成为朋友。”一次聚会，一位老兄大发感慨。世间没想到的事很多，然而交朋友也会有意外，这让在座的人有足够的兴趣去倾听他的故事。

还是20世纪的某一年，他与单位的一位同事同时评职称。而名额只有一个，本来相安无事的两个人成了对手。荣誉和利益，让两个人都决心放手一搏，像放入角斗场的两只猛兽，彼此撕咬着对方。鉴于此，单位取消了这个名额。结果一目了然，两败俱伤。从此，两个人咬牙切齿地恨上了对方。

“每天都会想起来，想起来就恨，总希望他倒霉，比如三两天患个感冒，上街丢个大钱包。”这老兄很幽默，“他看我也是一样，恨不得一眼就把我灭了。”于是，单位多了两只斗鸡，见了面，不说话，就用眼神交火。

没想到，在今年的五月，两个人竟意外地成了刎颈之交。那天，天下着大雨，两个人都没带伞，先后进了大门边的传达室，而传达室的老头又外出送报纸。两个人都觉得尴尬，很不自在，想离开，而门外的雨越下越大。

其时正值汶川大地震，个人的恨暂时忘了，所有人的注意力都放到了灾情上。何况那时人心都特别柔软特别脆弱，这位老兄故作自言自语地说了句话，没想到得到了对方急切的回应。一搭上话，彼此在心里意识到，原来，恨，并不像平时想象的那么深。两个人热切地交流起来，说起了汶川地震，伤心处，两个人都流了泪。

雨停时，走出传达室，两个人已前嫌尽释。后来经过多次交流，两个人竟成了最好的朋友。

一次评职称让两个人成了死敌，一次偶遇的大雨，又让两个人成了好朋友。

这位老兄最后一句话，给我的印象很深——人与人之间的关系，真是说不定的江湖。

人与人之间是“说不定的江湖”，时合时分，时时上演悲喜剧和闹剧，时时有聚首弹额，也时时有间隙怨怼，谁也说不定。

在许多场合，常常有一个人对他人的议论，爱他，仿佛对方的身上累积了人性所有的优点，恨他，所恨的人仿佛是全人类的公敌，正如古语所言“爱则加诸膝，恶则坠诸渊”。是对方真的有这么可爱可恨，还是自己的情绪迷雾遮障了自己的视线？

西哲蒙田说：“爱他时要想到有一天要恨他，恨他时要想到有一天会爱他，对于普通平常的友谊来说，这的确是苦心良药。”

可以爱，但要浅一点，当由爱转恨时，不致对人性产生怀疑；可以恨，也要浅一点，这样既为自己的心灵松绑，日后见面也好说话，为一笑泯恩仇留个心理准备。